KB164987

기록을 디자인하다

기록을 디자인하다

윤슬 에세이

담 다

프롤로그 어느 봄날의 기록들

오래된 일기장을 들추면서 새삼스럽게 확인했다.
'불안함으로 가득했구나'
'생각했던 것보다 훨씬 힘들게 보냈구나'
'늘 새로운 것을 찾아다녔구나'

어느 순간부터 잊고 지낸 많은 기억이 기록과 함께 되살아났다. 마치 처음부터 없었던 것처럼, 존재하지 않았던 것처럼 말이다. 류시화 시인의 시집 제목처럼, 만약 지금 알고 있는 것을 그때도 알았더라면 얼마나 좋았을까. 그랬더라면 어쩌면 조금 더 대담하고 용기 있게 나아갔을 텐데. 조금 더 스스로를 믿고 응원해주었을 텐데. 조금 더 긍정적인 시선으로 바라봐 주었을 텐데.

아쉬운 마음이 생기는 것은 어쩔 수 없었다. 붓질하여 되살려놓은 것들이 마음대로 춤을 추더니, '청춘'이라는 기차에 무임승차했던 그 시절로 나를 데려갔다. 오래된 흔적은 온순하면서도 사나웠고, 부드러우면서도 근심이 가득했다. 막연한 희망은 어깨에 납덩이를 짊어진 것처럼 깊고 무거웠다. 흔들리는 모습을 부정하면서도, 다부지게 서 있지 못해 자주 넘어진 기록들, '다음에는', '다음에는', '절대'라며 다짐하는 모습들은 마냥 애처롭게 느껴졌다. 만약 그 곁으로 되돌아간다면, '괜찮아'라고 안아주고 싶었다. '스스로 부족해 보이고, 답답하겠지만, 지금 잘하고 있어'라고 다독여주고 싶었다.

그로부터 십 년, 아니 그 이상의 세월이 흘렀다. 그때에는 상상하는 것조차 어려웠던 나이에 도달했다. 높은 뜻을 품고 푸른 소나무처럼 살면 좋으련만, 하루하루 살아내는 일이 시급할 뿐이다. 먼 길을 준비하는 나그네처럼, 여전히 문밖에 서 있는 느낌이다.

〈기록을 디자인하다〉의 시작은 바로 그 지점이었다.

마흔넷. 겁먹지 않을 줄 알았는데, 두려움은 여전하다. 주눅들지 않고 생활할 줄 알았는데, 속울음 삼켜야 하는 이유는 오히려 많아졌다. 겨울이 지나고 봄이 찾아온 것이 아니라, 적당한 간격의 겨울이 계속 반복되는 느낌이다.
그러던 어느 날, 문득 이런 생각이 들었다.
'아, 그 시절이 진짜 봄이었구나! 봄을 봄처럼 보냈어야 했는데, 그렇게 보내지 못했구나!'

'봄'을 '봄'처럼 보내도 된다는 얘기를 해주고 싶었다. 하지만 '어떻게 해라' 혹은 '어떻게 하는 것이 좋다'라는 말이 하나마나 한 소리라는 것을 알기에 방향을 수정했다. '그냥 보여주자'라고. 어떻게 지나왔으며, 어떤 마음으로 걸어왔는지. 의지할 곳이 없을 때, 남몰래 어깨가 들썩거릴 때, 어떤 말도 듣고 싶지는 않지만, 아주 약간의 위로가 필요할 때, 곁에서 낮게 흐르는 음악이 되었으면 좋겠다.

마흔을 훌쩍 넘기고 들여다본 내 청춘의 문장들이 그러했기에 과한 욕심은 부리지 않을 생각이다. 바라는 것이 있다면, 너무 두려워하지 않기를, '완벽해야 한다'라는 주문에 걸리지 않기를 희망할 뿐이다. 스스로를 너무 미워하지 않았으면 좋겠다. 정말 무엇 하나 제대로 해내는 것이 없어 큰일 날 줄 알았다. 하지만 생각보다 잘 살고 있다. 아주 잘.

아까부터 계속 봄볕이 어슬렁거리고 있다.

새로운 봄을 기다리며
윤슬

차 례

 프롤로그 어느 봄날의 기록

'봄'으로부터 초대받다

걱정이 예민함을 키우는지 몰랐다

모든 계절은 소중하다

삶의 진실은 쉽게 바뀌지 않는다

'봄'으로부터 초대받다

1

마음을 숨기려고 했는데,
환하게 비추는 달빛에 놀라 드러나고 말았다.
어제의 비가 무색하다.
너무 환한 저 빛이
너무 부끄러워 두 손으로 막아보지만
어느새 더 커 보이는 미운 내 모습이다.
나를 위로하려고 환한 빛으로 다가서지만
다가섬이 어색해 괜히 별을 탓한다.
있는 그대로 지켜봐 주는 달빛에게
조금이라도 미안함을 느끼고 싶은 그런 밤이다.

1997년 어느 날.

무슨 말을 하고 싶은 건지도

잘 몰랐던 시절이 있었다

1997년의 일기장에는 대부분 날짜가 없었다.
1997년이라는 사실도,
노트 마지막 페이지를 통해 알게 되었다.
흔적을 남기기 싫었던 것일까.
마음을 들키고 싶지 않았던 것일까.
솔직하게 표현하면 무슨 말을 하고 싶은 건지,
자세히 살펴봐도 잘 모르겠다.
그러면서 동시에 이런 생각이 들었다.
나도 내 마음을 잘 몰랐던 게 아니었을까.
1997년.
내 나이 23살.
유독 낙서 같은 글이 많았다.

기록을 디자인하다

2

큰 울음으로 와서 조용하고 평온한 미소로 갈 수 있도록
나는 오늘도 기도한다.
가진 것이 없음에 기뻐하며 베풀 수 있기를
나는 오늘도 기도한다.
혼자 가는 여행길에 동행이 생겨
같이 가는 여유를 지닐 수 있기를 나는 오늘도 기도한다.
가야 할 길이 지나온 길보다 적을 때
길가에 들꽃이라도 피어있기를
나는 오늘도 기도한다.
속이 빈 호박이 나를 반겨준다면
호박의 고운 마음만큼은 알아채는
조용하고 평온한 미소를 가진 사람으로
거듭 태어나길 나는 오늘도 기도한다.

1997년 어느 날

누구나 선(善) 함을 추구한다

정리되지 않은 감정들이 묻어나고,
속내를 감추려는 치밀함도 엿보인다.
경계라고 해도 좋고,
두려움이라고 표현해도 틀리지 않을 것 같다.
무언가를 끊임없이 갈구하면서
동시에 인생의 지혜도 함께 얻고 싶었던 것 같다.
정확하게 무엇을 추구했는지 잘 모르겠지만,
그래도 감사한 것이 있다면,
선(善)을 잊지 않았다는 사실이다.

기록을 디자인하다

3

요즘 난 무엇을 위해서
뭘 해야 한다는 의식도 없이
그냥 밀려다니고 있다.
그저 이렇게, 저렇게.
마음이 너무 심란하다.
내가 외로운 건지도 모르겠다.
외로움이 나를 아프게 한다.
울리지 않는 전화기,
고장이 났나 싶어 움직여봤다. 빠르게.
이내 곧 제자리로 돌려놓았다.

1997년 어느 날.

외로움은

여러 감정 중의 하나에 불과하다

어느 시절마다 외로움은 있었다.
하지만 그때는 유독 심했던 것 같다.
외로운 사람이 되면 안 된다고 믿었던 것 같다.
외롭지 않아야지, 외롭지 않아야지,
스스로에게 주문 걸기 바빴다.
돌이켜 생각해보면 '굳이'가 떠오르지만, 그때는 그랬다.
'외로우면 큰일 난다'라고 믿었기에
'척'도 많이 했었다.
외롭지 않은 척.
괜찮은 척.
무심한 척

기록을 디자인하다

4

동그란 것이 글자와 숫자밖에 없는 그것이.
네모지고 쪼끔 긴 그것이,
그림과 숫자와 글자밖에 없는 그것이.
겨우 그렇게 생긴 것이.
환한 내 미소를 걱정의 블랙 홀로 밀어 넣었기도 하고,
파란 하늘로 올리기도 하고, 마음대로다.
의지와 상관없이 부는 바람 따라,
내리는 소나기 따라 여기저기 다닌다.
이리저리 떠다니다가 지쳐
버드나무에 잠시 쉬어 뒤돌아본다.
차마 그렇게 했다.

1997년 어느 날.

돈이 전부는 아니지만,

가끔은 전부인 것처럼 느껴진다

무엇을 걱정했는지 분명하지는 않다.
'돈'때문이었는지,
'돈 아닌 것'때문이었는지 명확하지 않다.
하지만 가능성은 충분해 보인다.
돈이 필요하지 않은 사람처럼 생활하면서도
돈에 대해 고민하지 않은 날이 없다.
없어도 괜찮지만, 있으면 더 좋은 돈.
사람을 살리기도 하고, 때론 힘들게 만들기도 하는 돈.
돈, 진짜 요상한 물건이다.

기록을 디자인하다

5

주위의 모든 것들이 변했다.
나도 변했다.
예전보다 더 많아진 핑계.
예전보다 더 많아진 불만.
예전보다 더 많아진 짜증.
내가 아닌 주위 사람들이
중심이 되어버린 것 같다.
그들이 내 인생의 중심 같다.
모든 것이 변해버렸다.

1997. 11월

안에서 걸어 잠그는 문이

제일 무겁다

스스로 참 미워 보일 때가 있다.
왜 이것밖에 안 되는 걸까.
핑계를 댄다고 달라지는 것도 없는데.
불만을 쏟아낸다고 달라지는 것도 없는데,
어린아이처럼 행동하게 될 때가 있다.
마흔을 훨씬 넘은 지금도 이러한데, 그때는 오죽했을까.
살면서 의지와 상관없이 내 무대의 중심에
다른 사람이 서 있는 것을 발견할 때가 있다.
다행스럽게도 지금은 '그래, 그럴 수도 있어'라며
조금 여유롭게 바라볼 수 있는데,
그 시절에는 그렇지 못했다.
나 자신을 잃어버렸다는 느낌이 들어,
오히려 문을 굳게 닫았던 것 같다.
안에서 문을 여는 방법도 잘 모르면서 말이다.

기록을 디자인하다

6

"모르겠다"라는 소리를 요즘 가장 많이 한다. 그냥.
번역 공부를 하고 있기는 한데,
복습은 없고 그냥 진도만 나가고 있다.
번역 공부를 시작할 때의 마음은 어디 가고
두려움만 가득하다.
과연 이렇게 해서 해낼 수 있을까?
정말 완역을 해낼 수 있을까?
만약 완역을 못하면?
아마 누가 이런 얘기를 들으면 웃을 것 같다.
너무 한심하다고.
노력하는 것은 없으면서 미리 걱정부터 한다고.

1998.1.22.

'어디에 좋다'라는 얘기에

늘 솔깃했다

'적성에 맞을 것 같아'
'나중에 도움이 될 거야'라는 소리에 시작한 일이
한, 두 가지가 아니다.
대표적으로 번역, CAD.
둘 다 흐지부지하다가 끝났다.
최선을 다해 노력한 기억이 없다는 사실이
안타까울 뿐이다.
정말 무엇 하나 제대로 해내는 것이 없었다.
상처뿐인 도전으로 가득 채운 시절이었다.
하지만 곰곰이 생각해보면
무엇이라도 시도하려는 행동을
나라도 응원해주었어야 하는데, 그러지를 못했다.
'도전'이 아니라 '결과'가 필요했던 시절,
내세울 것이 없었던 까닭에,
늘 답답하게 바라보기만 했다.

기록을 디자인하다

7

누가 멋있는 말을 남겼다고 한다.
"당신의 오늘은 어제 죽은 이가 그토록 바라던 내일이다"
어제 죽은 이가 너무 바랐던 내일이기에
오늘을 사는 우리는
보다 많은 부담을 느끼게 된다.
해야 하는 일이기에 하고 싶어 해야 하고,
해서는 안 되는 일이기에 미워해야 한다.
가서는 안 되는 길이기에 비켜야 한다.
살아있음이 주는 삶의 무게가
만만하지 않음을 느낀다.

1998.1.30.

기적 하나가

열 개의 아픔을 감당하기도 한다

도망가고 싶을 때
도망갈 수 있는 사람은 그래도 운이 좋은 사람이다.
도망가고 싶은데 도망가지 못하는 사람들이 있다.
해결해야 할 일이 있어서.
보듬어야 할 사람이 있어서.
풀지 못한 숙제가 있어서.
도망치지 못하고 견뎌야 하는 이유를 찾는 사람들이 있다.
무슨 일이 있었는지 정확하게 알 수는 없지만,
도망가고 싶었던 어느 날의 기록인 것 같다.
그래도 다행이다.
도망가지 않고 기적을 찾기 위해 노력한 것 같아서.

기록을 디자인하다

8

참 오랜만에 일기를 쓴다. 피곤한 척하면서 자꾸 내일, 내일 미루다 보니 벌써 일주일이나 밀렸다.
오늘은 기분이 좋은 날이다.
오늘 정보처리기사 자격증을 받았다.
7월 5일의 시험 결과였다.
새벽에 꿈을 꾸었는데, 꿈 해몽 책을 보니, 다행히 좋은 얘기였다. 보통 꿈 얘기를 잘 적지 않는데, 너무 신기해서 적어둘까 한다. 내가 죽은 것을 남들이 말해주어서 알고,
또 그 모습을 혼령이 되어 지켜보는데.
노자 돈이라며 접은 것이 보이기도 하고.
하여간 그런 꿈이었다.

1998.8.10.

불안한 것은 똑같다

정보처리기사 자격증.
뒤늦게 공부하다 보니 자격증 하나 취득하는 것도 특별했
다. 직장생활하는 친구들이 많아서 취업에 대한 걱정이 많
았다. 잘 안 꾸는 꿈까지 꾼 것을 보면, 많이 불안했던 모양
이다.
다른 아이들보다 한, 두 살 나이가 많다는 것은
언제나 부담이었다.
지금은 '겨우 한, 두 살이 어때서?'라고 생각할 턴데,
그때는 엄청난 차이로 느껴졌다.
그렇게까지 긴장할 필요 없었는데 말이다.
무엇을 하든, 하지 않든 모든 것이 불안했다.

기록을 디자인하다

9

엄마랑 한바탕했다.
욕심도 많고, 관심도 많고, 호기심도 많은 나.
다른 아이들 공부할 때
원하는 것 찾겠다고 휴학한 나.
다른 아이들 돈 벌 때
다시 공부한다고 우겨댄 나.
이것저것 또다시 배운다고 떼를 쓰는 나.
나도 나를 모르겠다.

1998.8.12.

신을 대신하는 이름, 엄마

'순수한 영혼과의 입맞춤'이라는 그 시절.
나는 누구와의 경쟁에서도 밀리지 않을 만큼
충분히 반항하고, 방황했다.
솔직히 얘기하면 그때는 그것이 반항이고,
방황인지도 몰랐다.
그저 나에게 충실했고, 내 감정에 솔직했을 뿐이다.
그 시절에는 누구도 보이지 않았다.
'엄마'도 보이지 않았다.
그냥 당연하다고 생각했을 뿐이다.
당연히 받아주고,
당연히 무엇이든 해 줘야 하는 사람이라고 생각했다.
한참 지나서 깨달았다.
엄마가 곁에 있다는 것이 당연하지 않다는 사실을.
모든 것을 받아주는 역할은
아무나 할 수 있는 것이 아니라는 사실을.

기록을 디자인하다

10

새로운 시작과
함께 열심히 할 거라 다짐했는데
그렇게 하지 않은 나 자신에 대한 실망감으로
많이 힘든 하루가 바로 어제였다.
오늘은 그 기분이 조금은 줄어들었다.
정말 바뀌어야 되는 것은 바로 나인데,
나는 세상이 나를 위해 변해주기를 바라는
어린아이 같다.

1998.8.19.

세상이

나를 위해 돌아가지는 않겠지만

'나를 중심으로 지구가 움직이지 않잖아'
'세상이 나를 위해 돌아가는 것은 아니야' 라고
얘기하면서도 자꾸 기대하게 된다.
결과를 위한 노력은 두 번째이고,
원하는 결과를 마주할 수 있기를 희망하게 된다.
그러다 원하는 대로 결과가 마무리되지 않으면
불만이 새어 나온다.
'이래서 세상은 불공평하다고 말하는 거야' 라고.
세상을 바꾸는 것보다 자신을 바꾸는 것이 쉽고,
세상의 마음을 얻는 것보다 자신의 마음을 얻는 것이 쉽다.
세상과의 승부는 잠시 미루고
자신을 일으켜 세우는 일에 온 마음을 모아야 한다.
하늘은 스스로 돕는 자를 돕는다고 했다.

기록을 디자인하다

11

나는 돈을 버는 직장인이 아니다.
나는 철없는 철부지도 아니다.
나는 하루살이 인생이 아니다.
우리 집은 부자도 아니다.
그럼에도 불구하고 나는 그렇게 행동한다.
돈을 버는 직장인처럼,
현명한 사람처럼,
아주 돈이 많은 부자처럼.
나는 이중 인간이다.
간절히 원했던 '순수함'은 어디로 갔는지 모르겠다.

1998.11.16.

자신을 사랑하는 방법

부끄러운 행동들과 재회했다.
완벽하게 포장해서 당시의 마음을 숨길 수도 있었겠지만,
그렇게 하지 못했다.
왜냐하면, 정말 그때 그랬으니까.
그런 마음으로 고민이 깊었으니까.
'순수함'에 대한 정의는 일기장 어디에도 없다.
다만 '안다는 깃'과 '행동' 사이의 괴리감으로 인해
자주 힘들어했다는 흔적만 가득할 뿐이다.
일기장에 털어놓은 글에 진심이 느껴져서 좋다.
그 행동이 차라리 솔직하고 순수해 보인다.

기록을 디자인하다

12

마음이 무척 심란하다.
친구가 막상 그 사람을 좋아한다고 고백하니,
내가 좋아한다는 말은 차마 못하겠고.
뒤에서 내가 더 도와줘야 한다고 생각하니,
괜히 마음이 그렇다.
마음이 복잡하다.

1998.11.12.

애를 쓴다고

모두 이뤄지는 것은 아니다

기억 창고를 뒤져
누구인지 찾아내려고 애를 써봤지만
도무지 떠오르는 사람이 없다.
망각의 강을 오래전에 건너간 모양이다.
누굴까, 궁금한 마음으로 머리를 굴려보지만,
전혀 모르겠다. 이쯤 되면,
'정말 좋아하기는 했나?'라는 의심도 생겨난다.
살다 보니 의도와 상관없이 흐릿해지는 것들이 있다.
1998년 어느 겨울처럼.
친구의 고백 앞에서
미숙한 마음이 방향을 잃어버린 모양인데,
그래도 잘 지나온 모양이다.

기록을 디자인하다

13

12월이 시작되었는데도
변한 것이 하나도 없다.
애가 좀 더 지저분해지고,
애가 좀 더 한심해지고.
하릴없이 술 먹고,
내가 감정을 지배하지 못하고
그 어떤 것이 나를 조정하는 것 같다.
무엇이 나를 이끌고 있는지,
솔직히 말하면 나도 모르겠다.
모든 사람들이 미래를 준비하고 있다.
아르바이트 고민도 있지만,
무엇보다 나 스스로에 대한 믿음을
내가 줄여나가는 느낌이 싫다. 진짜로.

1998.12.3.

마음대로 안 돼서 힘든 날도 있다

살아가는 동안
의견을 가진다는 것은 소중한 일이다.
누군가를 위한 의견도 좋고,
스스로에 대한 의견도 좋다.
의견이 있다는 것은 '자기다움'의 표현이다.
하지만 이러한 자기다움에는
약간의 아픔이 필연적으로 따른다.
자기다움이 어느 한 시절에만 필요한 것이 아닌 까닭에.
어느 한 시절의 아픔이 아닌,
인생 전체에 걸쳐진 아픔으로부터,
자신과 자신의 삶을 보듬는 일은 쉽지 않다.
이십 대여서 가볍고,
사십 대라서 무겁다고 생각하지 않는다.
힘든 것은 똑같다.

기록을 디자인하다

14

하나의 글로 버렸다.
"꽃이 꿀을 품고 있으면
소리쳐 부르지 않더라도 벌 나비들이 모여든다"
오늘 TV에서
일본의 X-JAPAN을 좋아하다 보니
일본어를 잘하게 되었다는 사람을 보는데
갑자기 궁금해졌다.
'내게는 좋아하는 것에
그만큼 투자하는 열정이 있을까?'

1998.12.14.

좋아하는 것과

노력하는 것은 다르다

'좋아한다는 것'과
'좋아하는 것을 잘하는 것'은 다르다.
'좋아하는 것'은 '즐거운 일'이 될 수는 있지만,
'좋아하는 것'을 '잘하는 일'로 만드는 과정은
마냥 즐거운 일이 아니다.
'좋아하는 것을 잘하게 되었습니다'라는 문장은
조건을 생략한 문장이다.
좋아하기만 했는데, 저절로 잘하게 되는 것은 없다.
열정이라고 표현해도 좋고,
노력이라고 표현해도 좋다.
분명한 것은 '어떤 무언가'가 존재한다는 사실이다.

15

요즘 시험공부한답시고,
번역 공부를 하나도 안 했다.
시험공부 안 할 때는 report 때문이라고 말한다.
report가 많을 때는 바쁜 일이 많아서라고 말한다.
안 바쁠 때는 힘든 일이 많아서라고 말한다.
늘 이유가 있다.

1998.12.16.

하지 못할 이유는 가득하다

'핑계 없는 무덤 없다'라고 하더니, 딱 그 모습이다.
부정하고 싶었겠지만,
일기를 쓰는 동안만이라도 짐을 벗고 싶었던 것 같다.
'그럴듯한 이유'로 포장하면 좋겠지만,
스스로도 '이건 아니다'라는 생각이 들었던 모양이다.
가끔은 '해야 하는 이유'를 찾기보다
'할 수 없는 이유'를 들이밀고 싶을 때가 있다.
그렇게라도 위로받고 싶을 때가 있다.
그런 날이 아니었을까, 추측해본다.
물론 큰 도움은 안 되었겠지만.

기록을 디자인하다

16

아르바이트 구한다고
11시부터 돌아다니다가
2시쯤 엄마 만나서 함께 점심 먹고
4시쯤 집에 왔다.
친구가 나오라고 해서 나갔다가
9시쯤 헤어졌다.
오는 길에 청년회에 들렀다가 집에 돌아오니 10시.
아. 무지하게 피곤하다.
많이, 많이.

1998.12.21.

바쁘게 살아야 한다고 배웠다

특별할 것 없는 평범한 일상 같은데,
그저 읽기만 했는데 마음이 바쁘다.
아르바이트 때문에 걱정한 마음도 느껴지고,
엄마와 좋은 시간을 보낸 흔적도 보이고,
친구의 마음을 알뜰하게 살핀 노력도 보인다.
거기에 일 년에 몇 번 가지 않았던 청년회에 들러
마음을 다스리려고 애쓴 것도 보인다.
그때도 그렇게 생각했던 것 같다.
바쁜 것이 좋은 것이라고.

기록을 디자인하다

17

내가 하고 싶다고만 하면,
내가 할 수만 있다고 하면,
힘이 되어주는 든든한 엄마.
그래서 항상 미안하다.
오늘 J를 만났다.
비디오도 보고 쇼핑하고,
J한테도 미안하다.
나도 고마운 친구가 되고 싶은데,
맨날 신세만 지는 것 같다.

1998.12.23.

영원한 것은 없다

내가 좋아하는 이름들이 보인다.
고맙고 미안한 마음이 드는 엄마.
언제나 내 편이 되어 주었던 친구 J.
결혼하고 나니, 엄마를 만나는 일도,
친구를 만나는 일도 쉽지 않다.
그때는 늘 같이 있을 줄 알았다.
언제든 보고 싶을 때, 볼 수 있을 줄 알았다.
그리고 오래도록 이어질 줄 알았다.
살아가면서 깨달아가고 있다.
소중한 사람은 소중하게 대해야 한다는 것을.
함께 있을 때 마음을 다해야 한다는 것을.
영원한 것은 없다는 것을.

기록을 디자인하다

18

오늘은 기분이 참 좋다.
왜?
엄마가 모임 준비 때문에
많이 피곤하셨을 턴데도
집에서 웃고 있는 모습이 너무 좋다.
친구가 하프코트를 사는데 같이 가서
빵 먹고 커피 먹고 돌아다녔는데,
소화도 잘 되고 가벼운 느낌이다.
동생이랑 농구하면서 땀을 흘렸다.
피곤하긴 하지만
운동을 하고 나서인지 몸이 참 개운하다.

1998.12.25.

모든 것에게

의미를 부여할 필요는 없다

날짜를 살펴보니, '크리스마스'였던 것 같다.
크리스마스.
애인과 데이트를 하면서 보낸 것 같지는 않고,
가족, 친구와 함께 조촐한 크리스마스를 보낸 것 같다.
저녁에는 학교 운동장에서
동생과 농구하면서 마무리를 한 것 같다.
아주 특별하게 보내야 할 것 같은
요즘의 크리스마스와는 좀 다른 느낌이다.
언제부터 크리스마스가
이렇게 화려하고 특별한 날이 되었는지 모르겠다.

기록을 디자인하다

19

오늘 단양에서 돌아왔다.
평소와 다른 느낌이다.
신명 나게 푹 적셔 있다가 빠져나온 느낌이다.
내일부터는 진짜
'새로운 나'와 새로운 시작이다.
변하고 싶다.
독하게.

1999.1.13.

제자리로 돌아오기 위해

우리는 떠난다

단양 구인사.
어릴 때는 엄마와 함께, 스물 몇부터는 혼자 자주 다녔다.
생각이 복잡할 때 떠났고.
마음속에 고민이 가득할 때 떠났다.
독한 구석이 없어 속상한 마음을 풀 곳이 없으면,
답답함에 달려간 곳이기도 하다.
보통 2박 3일, 아니면 4박 5일 정도 머물렀다.
그곳에서의 시간은 온전히 '나'를 위한 시간이었다.
그렇게 떠났다가 돌아오는 날,
흔들리는 비둘기 기차 안에서
매번 비슷한 생각을 했던 것 같다.
'돌아오기 위해서 떠난다'
'여행은 돌아오는 길 위에 서 있다'

51

20

아침에 공부하러 가기로 했는데
일어나서 시간을 보니 8시가 넘었다.
이럴 때 나는 내가 가장 싫어진다.
'나와의 약속'조차 지키지 못해서.
오늘 일찍 간다고 어제 일찍 잤다는 사실도
내가 싫어지는 데에 한몫을 한다.
계획은 휘황찬란하게 해 놓고선
하나도 지켜내지 못하고 있다.
그 화풀이를 동생들에게 하고,
엄마에게 하게 된다.
왜 이 모양인지 모르겠다.

1999.1.20.

배움은 쉽게 이뤄지지 않는다

"인간은 노력하는 한, 방황한다"라고 괴테는 말했다.
하지만 방황도 방황 나름이다.
횟수가 많아지면 누구나 감당하기 어려워진다.
특히 자기 자신에 관한 일에 대해서는 더욱 그렇다.
나 또한 그랬다.
노력의 결과도 만족하지 못했지만, 노력 자체가 부족했다.
그래서 스스로에게 화가 난 상황인데
엉뚱한 곳, 예를 들어 엄마나 동생들에게 화풀이했다.
내 청춘의 담벼락에 기록된 문장을 통해
스스로 얼마나 불완전한 존재였는지,
새삼 확인한다.

기록을 디자인하다

21

이제 '나하고' 싸운다.
힘내야지.
나를 위해서.
다시 시작할 뿐이다.
이유는 없다.
나는 다시 시작할 뿐이다.

1999.1.25

가끔

아군인지, 적군인지 헷갈린다

매일 '나'하고 싸우는 기록으로 가득하다.
혼내고 달래고, 구박하고 어르고,
싸우고 화해하고, 시도하고 넘어지고,
화내고 격려하고, 일상에 분주함이 넘쳐난다.
상황이 이 정도 되면 정말 스스로도 헷갈린다.
아군인지 적군인지.
특별한 문제는 없어 보이지만,
곳곳에 상처가 훈장처럼 붙어있다.
제대로 평가할 기준조차 없으면서
왜 자꾸 평가부터 하려고 했는지 모르겠다.
굳이 그렇게까지 안 해도 괜찮았는데.

기록을 디자인하다

22

오늘은 일이 좀 꼬였다.
아니, 99년 액땜했다고 믿고 싶다.
운동이 끝난 뒤에 옷을 갈아입다가
옷장 문짝에 이마가 찍혔다.
거기에 안경이 미끄러지면서 코까지 긁었다.
아찔했다.
이마가 붓는 것 같다.
진짜 눈이 튀어나온다는 말을 실감한 것 같다.
오늘의 액땜으로
올 한해 아무 탈 없이 건강할 수 있기를.

1999.1.26.

기록의 힘은 위대하다

일기를 통해 정확한 날짜를 알게 되었다.
1999년 1월 26일.
운동을 마치고 옷을 갈아입기 위해 몸을 움직였는데,
위쪽 옷장 문이 열린 줄도 모르고 그대로 부딪쳤다.
정말 눈알이 빠지는 줄 알았다. 눈물도 찔끔 났었다.
그때의 기억 때문에,
옷을 갈아입을 때 위쪽 문이 열리지 않았는지 꼭 살펴본다.
몸으로 배운 것은 오래 기억한다더니,
진짜 맞는 것 같다.
그리고 기록의 위대함도 한 번 더 깨달았다.
단순히 오래전 어느 날이 아니라,
몇 년 몇 월 며칠인지, 정확하게 되돌려 받았다.

23

나에게, 우리 가족에게 '기적'이 필요하다.
너무나 어려운 세상 속에서 살림을 살아가고 있다.
하지만 유독 힘들고,
꼭 우리만 힘들게 하려는 것처럼 느껴질 때가 있다.
요즘 우리 집이 그렇다.
무게를 온몸으로 버티고 계시는 아버지.
마냥 묵묵히 참고 버텨내기엔 힘겨워 보이는 엄마.
우리 가족에겐 기적이 필요하다.
기적 같은 일이.

1999.2.4.

버티는 것도 능력이다

IMF. 많은 공장이 부도로 인해 줄줄이 주저앉았다.
문을 닫는 회사가 속출했고,
가정이 붕괴되는 사태도 심심찮게 목격할 수 있었다.
IMF 폭풍이 정점을 찍고 있을 때,
아버지 회사도 위기를 피하지 못했다.
제대로 한 번 본 적도 없는 돈이었다.
상상에서나 가능할 것 같은 돈이
종잇조각이 되어 사라져버렸다. 그 즈음의 기록인 것 같다.
몇 달, 몇 년의 노력이 사라지는 그날,
우리 가족도 부서지는 줄 알았다.
하지만 너무나 감사하게도
아버지와 엄마는 그 시기를 견뎌주셨다.
온몸으로 부딪치면서 "버티는 것도 능력이다"를
몸으로 실천해 주신 부모님이시다.
그때를 떠올려보면 어떻게 견디셨을까, 싶다.

기록을 디자인하다

24

어릴 적의 세상은
누군가에 의해
무엇을 하는 것도 없이
그냥, 그냥 밀려가는 삶이었다.
그래도 세상이 밉지 않았다.
세상은 나에게 동경의 세상이었다.
하지만 나이 때문일까.
지금의 세상은 예전과 다르게 느껴진다.
무섭기도 하고,
밉기도 하고,
원망스럽기까지 하다.

1999.3.30.

익숙해지는 데에는

시간이 필요하다

어릴 때는 그랬던 것 같다.

빨리 나이를 먹었으면 좋겠다.

얼른 어른이 되었으면 좋겠다.

내 마음대로 할 수 있는 것이 많아졌으면 좋겠다.

그 마음으로 한 살, 한 살 채웠다.

서른을 앞두고는 무슨 이유 때문인지, 굉장히 마음이 불안

했다. 그리고 불완전하게 마흔을 넘겼다.

올해 나이 마흔넷.

세상은 이제 더 이상 동경의 대상이 아니다.

두려움의 대상도 아니고, 원망의 대상은 더더욱 아니다.

특별히 바라는 것도 없고, 요구하는 것도 없는,

그저 그런 관계로 함께 살아가고 있다.

서로가 서로를 조금 더 알게 되었다고 해야 하나,

많은 부분이 익숙해졌다.

기록을 디자인하다

25

친구들을 만났다.
경력 4년 차의 베테랑 유치원 선생님들을 만난 후,
나는 질문에 파고들었다.
과연 내 길은 무엇일까?
내가 정말 원하는 것은 무엇일까?
친구들과 닭꼬치, 김밥, 비빔만두, 어묵을 먹었다.
집에 오니 잠이 오지 않는다.
너무 많이 먹어서
잠을 자면 안 될 것 같기도 하다.

1999.3.21.

‘너무 늦은 때’란 없다

적성에 맞지 않다는 이유로,
새로운 것을 찾아보겠다는 마음으로 부모님을 설득해
용감하게 휴학했었다.
전문대를 휴학하는 경우는 별로 많지 않았던 터라,
주위에서도 걱정이 많았다.
하여간 용감하게 휴학을 했고,
자격증을 따겠다고 여기저기 기웃거렸다.
그러다가 다시 복학해 전문대를 졸업했다.
학교를 졸업한 친구들이 직장에서 경력을 쌓아갈 때
취업은커녕, 나는 다시 공부를 시작했다.
매번 그렇게 늦었다.
늦은 깨우침, 늦은 도전, 늦은 시작,
또 늦은 다른 어떤 것들.
그런 경험 때문일까. 나는 자주 이야기한다.
‘너무 늦은 때란 없다’라고.

기록을 디자인하다

걱정이 예민함을 키우는지 몰랐다

26

학기 초의 부지런함이 없어지고 있다.
이런 이유, 저런 이유로
나를 편하게 만들고 있다.
문제의 심각성은 바로 여기에 있다.
"내가 나를 편하게 두려 한다는 것"
누구도 내 인생을 대신 살아주지 못한다.
내가 최선을 다해
용기 있게 산 삶으로써 인정받아야 하고
그 인정받음에 감사하고
환원해 줄 수 있는 사람이 되어야 한다.
보다 체계적이고
보다 깔끔하고
보다 확실하게 살아야 한다.

1999.3.23.

당신의 말이 당신을 만든다

읽는 순간 섬뜩했다.

무엇이 중요한지, 이미 알고 있었다.

최선을 다해 용기 있게 살아야 하고,

감사할 줄 아는 사람이 되어야 하며,

받은 것을 나눌 수 있는 사람이 되어야 한다는 것을

1999년에 이미 알고 있었다.

지금의 마음을 표현한 1999년의 기록은

신선한 충격으로 다가온다.

'당신이 자주 하는 말이 당신을 만든다'라는

어느 위인의 말은 틀리지 않았다.

기록을 디자인하다

27

그들도 자신의 목표를 위해서 독하게 노력했을 것이다.
그렇지 않았다면
저 높은 곳에서 나를 내려다보는 일은 불가능했을 것이다
내가 아무리 부정하고 싶다고 해도,
수십 번 내 볼을 꼬집어도,
변하지 않는 것은
그들은 흔히 말하는 성공한 사람이라는 사실이다.
원하던 분야에서.
그들이 말하는 인내, 의지, 노력이
나에게도 있는지 시험해보고 싶어진다.

1999.4.7.

중요한 것은 쉽게 바뀌지 않는다

어떠한 이유였는지,
어디에서 누구를 만나 의지를 불태웠는지 알 수 없다.
분명한 것은 성공한 누군가를 만났고,
강한 자극을 받았던 모양이다.
그 사람은 성공과 관련해 인내와 의지,
노력과 재능에 대해 언급했던 것 같고,
스스로에게 시험해보고 싶다는
강력한 자극제가 된 것 같다.
그러고 보면 살아가는 데에 있어,
중요한 것은 쉽게 변하지 않는 것 같다.
인내, 의지, 노력.
그런 단어들이 지금도 유효한 것을 보면.

기록을 디자인하다

28

특별한 이유도 없는데 나한테 너무 후하다.
모든 것에 대해서.
아침에 못 일어나는 것에 대해서도.
공부하지 않는 것에 대해서도.
늦게 자고 늦게 일어나는 것에 대해서도.
운동 신청하고 안 하는 것에 대해서도.
인심이 너무 후하다.
언제부터 스스로에게 이렇게 후해졌는지 모르겠다.
이런 나를 용서하면 안 되는데.

1999.4.18.

철저하되 따뜻해야 한다

정신의학에서 가장 이상적인 태도로
'웜 앤드 펌'을 꼽는다고 한다.
웜 앤드 펌(warm & firm)이란,
원칙이 있으면서 철저하되, 따뜻해야 한다는 의미이다.
1999년의 4월을 들여다본다.
원칙은 있어 보이지만, 철저해 보이지 않는다.
뿐만 아니라 철저하지 못한 자신에게 관대했으며,
그로 인해 스스로 괴로워하고 힘들어했다. '어떻게 해야지'
라고 생각하면서도 참 마음대로 안 되었던 것 같다.
그런 과거의 경험 때문일까.
원칙이 있으면서도 철저하지 못하다고
하소연하는 사람의 모습이 남의 일 같지 않다.
그래서일까. 자꾸 "괜찮아요, 괜찮아요, 노력하다 보면
조금씩 나아져요"라고 얘기하게 된다.

기록을 디자인하다

29

세상에 모든 것에 대해서도, 어떤 마음에 대해서도,
무리하게 '나'와 연결할 필요 없는데
나는 내가 닿는 인연마다
모두 '나'와 연결했다.
부질없음을 알면서도
덧없다는 것을 느끼면서도 말이다.
자꾸 방황하게 된다.

1999년 8월 어느 날.

'말'에 걸려 넘어지고,

'마음'에 걸려 넘어지고

'말'에 걸려 넘어졌다.
'마음'에 걸려 넘어졌다.
'다른 사람의 말'에 걸려 넘어지기도 하고,
'다른 사람의 마음'에 걸려 넘어지기도 했다.
그러면서 스스로 다그쳤고, 몰아세웠다.
하지만 어느 날 과감하게 결정했다.
버릴 것은 버리고 흘려보낼 것은 흘려보내야지,
'말'은 침묵으로 대신하고, '행동'으로 마음을 대신해야지,
뚝 잘라 버릴 것은 버리고 담을 만큼만 담아야지,
어떤 마음은 그냥 지나가도록 내버려 둬야지,라고.
그렇게 결정하고 나니 한결 마음이 차분해졌다.

기록을 디자인하다

30

아무래도 나는 성질 고약한 싸움닭 기질이 있는 것 같다.
아무것도 아닌 일을 가지고,
자꾸 말싸움을 한다.
그냥 답답하고, 짜증이 난다.
오늘 원성 스님의 '풍경'을 샀는데,
쉬운 것도 있고 모르는 것도 있었다.
동자승이 너무 순수하고 귀여워서
마치 원성 스님, 자신을 그대로 옮겨놓은 것 같았다.
나도 그랬으면 좋겠다.
동자 스님의 맑은 마음을 닮을 수 있다면,
내 안을 차지하고 있는 어리석은 마음을 덜어낼 수 있다면.
얼마나, 얼마나 좋을까.

1999.9.6.

지금의 기억이 진짜가 아닐 수 있다

'기억이 기억을 왜곡시킨다',
'기억은 기억하고 싶은 것만 기억한다'처럼
기억과 관련된 명언이 많다.
오래된 흔적을 찾아 읽으면서 새삼스럽게 깨닫고 있다.
생각했던 것보다 훨씬 미운 시절을 보냈구나.
생각했던 것보다 훨씬 예민하게 생활했구나.
생각했던 것보다 훨씬 까다로운 사람이었구나.
잊고 지낸 시간들을 민낯으로 만나면서
'그래도, 이만큼이라도 나아진 게 참 다행이다'와
'내 기억을 진짜라고 믿어서는 안 되겠구나'라는
생각을 동시에 하고 있다.
정말 처음부터 잘하지 않았는데,
혼자 착각에 빠졌던 것 같다.

기록을 디자인하다

31

고등학교 생활기록부 사본이 필요해서
학교를 다녀왔다.
새로웠다.
과연 이 높은, 멀어 보이는 길을
나는 무슨 마음으로
어떤 생각으로
3년 동안 오르고 내렸을까.
그 길을 6년이 흐른 지금, 다시 오르면서
스스로에게 물어보았다.
지금도 그 옛날의 나처럼 그냥 쓸리듯, 밀리듯.
그렇게 살고 있는 것은 아닌지.

1999.9.7.

그냥, 그때그때

잘 보내는 것이 중요하다

꼬박 3년 동안 다녔던 고등학교.
생활기록부를 떼기 위해 졸업하고 6년이 지난 어느 날
다시 찾아간 모양이다.
지금은 온라인으로 쉽게 신청하고
금방 발급받을 수 있지만, 그때는 사정이 달랐다.
6년이 흐른 후 3년 동안 다녔던 길을 다시 오르면서,
학교를 졸업하고 완전히 다른 모습일 거라고 생각했는데,
달라진 것이 별로 없어 아쉬웠던 모양이다.
시간이 지나고 나면 무엇이든 아쉽게 느껴지는 것 같다.
그냥, 그때그때 잘 보내는 것이 최선이라는 생각이 든다.

기록을 디자인하다

32

말없이 묻힌 것들이 너무 많다는 것을
우리는 한 번씩 잊고 산다.
내 옆에 물끄러미 서서,
어떤 기대나 부담도 주지 않은 채
세월을 버티고 지켜주는 나만의 나무.
그 뿌리만큼은 깊고 굵어서
언제든 그 안에서 편하게 쉬게 해주는 나무.
나도 그런 나무를 가지고 싶다.

1999.9.12.

청춘의 문장

기록을 다듬으면서도
어떤 의미인지 금방 와 닿지 않았다.
중간에 말이 안 되는 부분은 잘라내고 다시 연결했는데,
중요한 무언가를 놓쳐버린 느낌이다.
정확히는 모르겠다.
1999년 9월, 사정은 모르겠지만
뿌리가 통째로 흔들리는 일이 생겼고,
그로 인해 외로움과 불안함이 동시에 찾아왔던 모양이다.
막연한 두려움.
근거가 불명확한 불안함.
이유를 알 수 없는 외로움.
청춘의 절반을, 그런 감정을 조율하는 데에 보낸 것 같다.

기록을 디자인하다

33

정말로 오랜만에
나만의 시간을 가져보는 것 같다.
이게 얼마 만에 찾아온 여유인지 모르겠다.
지금 이 순간,
내가 생각하고,
느끼는 것들을 이렇게 표현할 수 있는.
이 순간이 참 감사하다.

1999.10.17.

'보이지 않는 것'이

'보이는 것'을 움직인다

특별한 이유 없이 행복한 마음에 잠길 때가 있다.
그럴 때는 스스로에게 한없이 너그러운 사람이 된다.
반대로 특별한 이유 없이 불안해지는 마음으로
괴로울 때도 있다.
그때는 감당할 수 없을 만큼 스스로에게 불친절해진다.
어떤 것이 진짜이며,
어떤 것이 가짜라고 규정지을 수는 없을 것 같다.
지킬 박사와 하이드처럼, 두 마음 모두 진짜인 까닭에.
방법은 한 가지, 두 마음과 잘 지내는 것뿐이다.
'보이지 않는 것'이 '보이는 것'을 움직이는 법이다.
'보이지 않는 것'을 잘 다스리는 것,
진짜 그게 중요하다.

기록을 디자인하다

34

이름을 불리며, 그 이름의 주인공으로 살았던 시절이
분명 엄마에게도 있었을 것이다.
'세상의 순리'라는 명분 아래
피곤에 지친 몸으로 내일을 위한 음식을 준비한다.
'나올 구멍이 없다'면서 연신 계산기를 두드리고,
연속극을 보며 잃어버린 웃음을 억지로 찾아온다.
갇힌 듯한 자그마한 집에서
유일하게 평온해 보이는 시간이다.
이제는 '이름'보다는 '존재'로 남아
많은 기억이 함께 흐릿해지고 있다.
그 여인의 이름을 되찾아주고 싶다.
어쩌면 그것은 그 여인의 뒷모습을 보며 따라가는
나를 위한 외침인지도 모르겠다.

1999.10.25.

'엄마처럼 살지 않을 거야'라고

말했던 시절이 있었다

김미경 선생님의 강연을 본 적이 있다.

어느 날 딸이 그녀에게 이렇게 말했다고 한다.

"엄마는 엄마하고 싶은 거 다하면서 살았더라.

그래서 나도 엄마처럼 하고 싶은 것 하면서 살 거야".

내 과거의 기억을 돌이켜보면 나는 그렇지 못했다.

나는 늘 이렇게 얘기했던 것 같다.

"나는 엄마처럼 살지 않을 기야",

"나는 엄마와는 다르게 살 거야"라고.

돌이켜 생각해보면 어쩔 수 없는 선택의 결과일 수도 있고,

또 상황이 그렇게 만들었을 수도 있었는데,

엄마의 많은 부분을 답답하게 바라보았다.

내 중심으로 이해하고 받아들였던,

많은 것을 내 기준으로 해석했던 시절이었음을 고백한다.

기록을 디자인하다

35

어제 친구들이랑 등산을 다녀와 너무 많이 피곤하다.
친구와 헤어지고 집에 와서 '푹 쉬어야지'했는데
공장으로 향했다.
늦게까지 혼자 일하고 있을 엄마.
공장으로 가서 엄마의 일을 도와주고
같이 걸어서 집으로 돌아왔다.
요새 회사에서 해야 할 일도 많은데 그냥 안 하고 있다.
미래를 위해, 나 자신을 위해 투자하기로 해 놓고는
거의 안 하고 있다.
꿈을 위해 단 두 줄의 시도 쓰지 않고,
버려지는 양심을 채울 한 줄의 글도 읽지 않고 있다.
중요한 것이 무엇인지
잊고 지내는 요즘이다.

1999.11.8.

좋은 것, 아픈 것, 모두

의미 있는 재료들이다

엄마가 공장에 남아있는 날이 많았다.

사업차 다른 사람을 만나야 하거나, 모임이 잦았던 아버지

와는 달리, 엄마 혼자 공장에 자주 남았다.

자잘한 뒷일을 마무리할 사람이 필요했는데, 엄마가 담당이

었다. 인건비를 줄여야 했다.

몇 시간을 위해 사람을 고용할 수는 없었다.

혼자 남아있을 엄마가 걱정되어 한 번씩 엄마를 찾아갔다.

집에서 20분 정도 걸어가면 도착하는 거리였다.

지친 걸음으로 피곤해하는 엄마와 함께 돌아오는 길,

이런저런 이야기를 주고받았던 기억이 난다.

만약 지금의 나였다면,

지금 알고 있는 것을 그때도 알고 있었더라면,

'엄마, 힘들지? 조금만 힘내'라고 마음을 전했을 턴데,

그때는 그런 말을 할 줄 몰랐다.

기록을 디자인하다

36

차라리 바쁜 게 좋다.
차라리 정신없이 바쁜 게 낫다.
속 좁은 모습 때문에
수시로 마음이 왔다 갔다 하고,
혼자 곱씹으면서 상처를 더듬는 시간보다
차라리 바쁜 게 낫다.
머리가 복잡한 것보다
몸이 피곤한 게 낫다.
마음을 다스릴 수 있다면 가장 좋겠지만,
그게 안 된다.
차라리 바쁜 게 좋다.
정신없이 빠져드는 게,
차라리 낫다.

1999.11.10.

차라리 몸이 바쁜 게 낫다.

머리가 복잡할 때는

마음이 복잡할 때는 몸을 움직이는 게 더 낫다.
몸을 움직이면 다른 것에 신경 쓸 겨를이 없어
오히려 더 낫다.
몸이 아파 움직일 형편이 아닌 경우를 제외하고,
가능하다면 일부러 몸을 움직이는 편이다.
'생각하기'를 즐기는 편이지만,
'생각 멈추기'도 좋아한다.
'뇌'로 해결할 일이 있고, '근육'으로 해결할 일이 있다.
'마음'과 관련한 일에 '뇌'의 선택이 중요하겠지만,
'뇌'가 힘들다고 신호를 보내면
그때는 '근육'이 '뇌'를 도와야 한다.
세상은 돕고 살아야 하니까.

기록을 디자인하다

37

많은 핑계와 변명으로 합리적이지 못한 나를 세상에서 가장
합리적인 사람으로 만들었다.
어려움에 대해 나를 시기하는 세상의 욕심이라고 단정지었
다. 행복이 찾아왔을 때 그 감정에 둘러싸여 오만했다.
아픔이 찾아오면 세상의 낭떠러지에 서 있는 것처럼, 원망
할 이유를 찾는다고 바빴다.
가지 않았던 길이다. 그래서 겁이 난다.
하지만 세상은 혼자서 살아가야 하는 곳이다.
누구를 위해 살겠다,
어디에서 위로받겠다,라는 생각은 버리기로 했다.
존재의 이유를 이렇게 불분명하게 끝낼 수는 없다.

1999년 겨울의 어느 날.

누군가에게 기대어 살아갈 수는 없다

각자의 인생에 대해 어디까지 책임져야 할까.
스스로에게 부여해야 하는 임무는 무엇이며,
어떤 마음으로 그것을 수행해야 할까.
어려운 질문이다.
하지만 분명한 사실은
누군가가 대신 해결해줄 수 없다는 것이다.
어디까지 해야 한다,
이것을 지켜야 한다,
이것은 하지 말아야 한다,
무엇은 꼭 해야 한다,
수많은 도움말만 존재할 뿐이다.
모든 것에 대한 선택과 책임은 스스로 감당해야 한다.
어디에 있든, 무엇을 하든.

기록을 디자인하다

38

똑바로 서있지 못하는 느낌이다.
사회에서 가장 안 좋은 것에 대한 이야기.
남들에게 인정받는 사회생활 이야기.
조직에서 조심해야 하는 것.
그런 것을 알려주시는 구 팀장님, 아니 구 과장님.
세상에 대해 잘 모르는 같은,
본성은 착해 보이는 최 팀장님.
자신의 길을 찾고 있다고 말하면서
제일 힘들어 보이는 김 대리님.
그들 가운데에서 여기저기 방황하다가
기분에 따라 툭툭 뱉고 나서 후회하는 나.
무엇이 맞는지 모르겠다.

1999.12.16.

완벽하게 준비하고

시작해야 되는 줄 알았다

상처받지 않고 살아갈 수는 없는 일이다.
하지만 늘 원했던 것 같다.
'상처받지 않지 않았으면 좋겠다',
'소심하게 보이지 않았으면 좋겠다'라고.
그러다 보니 완벽하고 보이려고
마음에도 없는 말을 농담처럼 자주 던졌다.
어디로, 어떻게 날아갈지 생각해보지도 않고 말이다.
서둘러 졸업시험을 통과하고 시작한 직장생활.
모든 것이 어렵고 힘들게 느껴졌다.
하지만 그래도 이해해주고 싶다.
왜냐하면 첫 직장생활이었으니까.
처음이었으니까.

기록을 디자인하다

39

내 꿈이 뭐였지?
나의 라이프 스타일은 뭐였지?
무엇을 위해 살고 있지?
조금 전, 가수 조성모가
1999년 가요대상을 수상하면서 이런 말을 했다.
"감사합니다. 정말 괜찮은 사람 될게요"
자신이 하고 싶은 일을 하면서,
정말 괜찮은 사람으로 살아간다는 건 어떤 것일까.
나 자신이 바라는 모습도 그런 게 아닐까,
잠시 그런 생각을 해본다.

1999.12.30.

괜찮은 사람이 되고 싶다

1999년 12월 30일, 올해 2018년,
약 20년 가까이 흘렀다.
언제 시간이 이렇게 흘렀나, 싶다.
'1999년의 나'가 '2018년의 나'에게 질문해온다.
"너는 괜찮은 사람이 되었니?"
질문이 상당히 어렵게 느껴진다.
괜찮은 사람이 되었는지는 잘 모르겠다.
"20년이 흐른 지금도 괜찮은 사람이 되기 위한 노력하고 있어"라고 얘기한다면 적당한 대답이 될까.
하지만 "자신이 하고 싶은 일을 하고 있니?"라는 질문은
조금 쉽게 대답할 수 있을 것 같다.
이렇게 글을 쓰고,
글과 함께 삶을 완성해나가고 있으니 말이다.

기록을 디자인하다

40

12시를 넘겨 퇴근했다. 요즘 거의 새벽 2시에 퇴근하다 보니, 12시 30분쯤 집에 도착한 것이 상당히 일찍 온 것처럼 느껴진다. 시간이 많아 좋다. 간단히 일기를 쓸 수 있다는 사실 만으로도 행복하다.

회사일은 그렇게 어렵지 않다. 나는 할 수 있다고 생각하고 있으며, '해야 하는 것'은 '반드시 해내야 한다'라고 생각하기 때문에 투정 부리거나 물러나지는 않는다.

인터넷 사업, 사실 모르는 게 많아서 부담스럽고 걱정이 크다. 틈만 나면 자료를 정리한다고 바쁘다.

의욕에 넘치는 지점장님.

'너무 잘할 것 같다'면서 칭찬해 주시는데,

그럴 때마다 마음이 더 급해진다.

잘해야지, 잘해야지, 자꾸 나를 재촉하게 된다.

2000. 1. 6.

지나친 칭찬은 오히려 불편하다

기회가 주어졌을 때 잘 해내려고 노력했다.
할 수 있는 것을 증명해내기 위해 최선을 다했다.
새벽 2시까지 아무렇지도 않은 척, 열심히 일했다.
괜찮은 척, 잘할 수 있는 척, 아무렇지도 않은 척.
조금 힘에 부치는 상황이 벌어져도 '척'으로 버텼다.
하지만 마음은 '척'하지 못했던 모양이다.
높은 기대감, 결과에 대한 부담감에게서
자유롭지 못했던 모양이다.
일기장에 속마음을 드러낸 것을 보면 말이다.
그나마 '다행이었다'라는 생각이 든다.
마음 풀 곳이 한 군데는 있었다는 얘기니까.

기록을 디자인하다

41

7월의 마지막 일요일.

시간은 아침 6시 30분.

다른 날은 일어나기 어려웠는데, 오늘은 일찍 일어났다.

정말 오랜만에 일기를 쓴다.

요즘의 내 생활을 간단히 말하자면, 일상적이다.

고장 난 컴퓨터 때문에 회사에서 일하다가 성질내고,

그러다가 또 다른 일을 하기 위해 뛰어다닌다.

저녁 7시 40분쯤, 영어학원에 갔다.

한 시간 정도 최선을 다해 열심히 수업을 들었다.

그리고 나서 PC방에 갔다.

한 시간 정도 메일을 확인하고,

emagin21도 발행하고 집으로 돌아왔다.

이제 자야겠다.

2000.7.28.

멈춰야 하는 이유도 있지만

계속해야 할 이유도 있다

emagin21, 반가운 이름이다.
좋은 글과 함께 짧은 메시지를 담아 전자 우편을 발송했었
는데, 당시 대략 200명이 넘는 사람들이 소식을 받았었다.
도중에 사정이 생겨 '계속 발행해야 하나',
아니면 '이쯤에서 그만둬야 하나?' 하고 고민이 깊었는데,
발행을 멈추는 것으로 결정했었다.
하지만 그 결정은 두고두고 후회로 남았다.
상황이 정리가 되었을 때,
가장 아쉬운 것이 발행을 멈춘 일이었다.
좋아하던 일이었는데, 조금 힘들어도 계속하지,
사실 발행을 멈출 정도까지는 아니었는데.
아쉬움이 늘 따라다녔다. 그 아픔 덕분일까.
지금은 새롭게 시작하는 것보다
시작한 일을 계속해 나가는 일에 더 많은 노력을 기울인다.
나중에 많이 후회하고 싶지 않아서.

기록을 디자인하다

42

모든 여정이 끝났다.
처음부터 무리를 두고 준비한 계획이었다.
여행을 기다렸던, 여행 전의 모습을 떠올려보면
강행군을 마치고 무탈하게 귀가한 내가 자랑스럽다.
J와 함께한 정동진. 일정이 피곤하긴 했지만,
오랜 시간을 함께 해온 친구여서 마음 편했다.
H와의 제주여행.
예상하지 못한 부분에서 조금씩 부딪치는 부분이 생겼다.
평소 불편하게 지내던 사이도 아니었는데,
함께 여행을 다니면서 새롭게 알게 되었다.
기준이나 방식이 많이 다르다는 사실을.

2000.8.5.

함께 지내다 보면,

알지 못했던 사실을 발견하게 된다

정동진, 강릉으로 2박 3일.
집에 돌아온 다음날
다시 짐을 챙겨 떠난 2박 3일 제주도 여행.
일주일 휴가 동안 정말 열심히 놀았다.
제주도는 그때 처음 간 것 같다.
친구와 함께 경포대 앞바다에 앉아
폭죽 터지는 모습을 감상했던 기억도 떠오르고,
민박집 할머니의 안내를 받으며
성산일출봉에 올랐던 것도 기억난다.
친구들과 함께 떠난 여행,
친구를 조금 더 알 수 있는 기회도 되었지만,
나 자신을 발견하는 시간이기도 했다.
나도 나를 잘 모르는구나,라는 생각을
그때 참 많이 했었다.

기록을 디자인하다

43

넘어진 나무의 그루터기에 앉아 하늘을 본다.
구름 한 번 참 잘생겼네.
그놈 참, 시원하게도 걸어가네.
눈을 감아본다.
뺨을 스치는 숨소리가 참 따뜻하다.
눈을 떠보려고 애를 써보지만 잘 떠지지 않는다.
내 속이 들킨 것 같아 돌아누워 버렸다.
유일한 쉼터에서 잠시 뒤돌아본다.

날짜가 없는 어느 날

무슨 말을 하고 싶은지

스스로도 잘 몰랐다

도무지 모르겠다.
무슨 말을 하고 싶은 건지, 외롭다는 표현인지,
누군가를 그리워하고 있다는 얘기인지,
서러운 마음에 울고 싶다는 뜻인지,
도무지 무슨 감정인지 모르겠다.
글을 옮기기 위해
몇 번이나 다시 읽고 문장을 다듬었지만,
무슨 말을 하고 싶은 건지 모르겠다.
정말
무슨 말을 하는 건지도 모르면서 말했던
그런 시절이 있었다.

기록을 디자인하다

44

마음이 복잡하다.
그 사람을 보았다.
우연하게도 함께 있는 모습이었다.
내가 있을 자리가 아니라는 것을
오늘 다시 한 번 확인했다.
내가 아닌 다른 사람과 함께 있음으로 인해
더욱 아름다운 모습이었다.

2001.3.3.

지혜는 쉽게 생기지 않는다

가야 할 곳과 가지 말아야 할 곳을
구분하는 지혜가 필요하다.
해야 하는 것과 하지 말아야 하는 것을
구분하는 지혜도 필요하다.
그러나 지혜는 쉽게 생기지 않는다.
세월을 견디고 시간을 짊어져야 가능하다.
아픔 없이 얻어지는 것은 없다.
상처 없이 만들어지는 것도 없다.
그런 까닭에 어쩌면 우리는 외면하고 싶은지도 모른다.
어려운 척, 힘든 척, 모르는 척.

45

회사에서 이런저런 얘기를 주고받는데
괜히 섭섭한 마음이 들었다.
지난주에는 많이 힘들었다.
급여를 지급했는데 좀 틀렸다.
사람들이 몰려와 항의하는데 진짜 무서웠다.
참 속상했다.

2001.5.13.

쉽지는 않겠지만 곧 괜찮아진다

급여가 틀렸다면서 달력을 들고 오는 분들이 계셨다.
큰일 난 것 같은 얼굴, 화난 표정, 높은 목소리.
회사에서 급여를 지급한 다음날이 처음에는 너무 무서웠다.
잘못된 것이 있으면
'왜 이렇게 되었나요? 확인해주세요'라고 하면 될 텐데,
엄청나게 억울한 일을 당한 사람처럼 따지는 모습이
너무 무서웠다.
지금이라면 훨씬 더 여유롭게 맞이했을 텐데,
그때는 그게 쉽지 않았다.
하지만 그것도 잠시, 어느 정도 시간이 흐르고 나니,
'누가 올 수도 있겠구나'라는 생각과 함께
'어떻게 대답하면 좋을까?'를 고민하고 있었다.
확실히 무슨 일이든 익숙해지는 데에는
시간이 필요한 것 같다.

기록을 디자인하다

46

나의 게으름과 나태함을 원망할 뿐이다.
예전보다 아주 조금이지만,
사소한 일에 고마움을 느끼는 사람이 되어가고 있다.
나아진 것을 하나라도 찾아서
정말 다행이다.

2001.9.30.

청춘이라고

언제나 열정 가득한 것은 아니다

좋은 일보다 아픈 일을 통해
성장의 기회를 제공받는 경우가 더러 있다.
특히 '청춘'이라 불리는 시절은 더욱 그렇다.
아픔이 소중한 재료가 될 수 있다.
그렇지만 당시에는 쉽게 신뢰감이 생기지 않는다.
나도 그랬으니까.
아픔은 나약함이고, 실패라고 해석했으니까.
한가운데에 서 있으면 오히려 잘 보이지 않는 법이다.
청춘이라고 해서 늘 열정적일 수 없다.
'청춘은 늘 열정적이어야 한다'라는 함정을 조심해야 한다.

기록을 디자인하다

47

'망각'이라는 것이 참 무섭다는 생각이 든다.
곧 죽을 것 같은, 정말 미칠 것 같은,
세상의 전부를 잃은 것 같은 아픈, 그런 일이
하루가 다르게 옅어진다는 사실이
기쁘기도 하면서 동시에 두렵다.
잊힌다는 것이 모두 좋은 것은 아닐 것이다.
하지만 모두 기억한다는 것도 마냥 좋은 것은 아닐 것이다.
잊으려고 노력했기 때문에 잊히는 걸까.
저절로 잊히는 걸까.

2001.10.21.

시간이 흐르고 나면

대부분 좋았던 것으로 기억된다

시간이 지나고 나면
대부분 좋았던 것으로 기억되는 경우가 많다.
아주 드물게 오랜 시간 동안 발목을 붙잡고
놓아주지 않는 것들도 있지만,
많은 것들이 '좋았던 추억'으로 다시 찾아오는 경우가 많다.
그들에게 초대장을 받은 날에는 방문을 활짝 열고
큰 호흡으로 힘껏 안아줘야 한다.
좋았던 것으로 되돌려줘서 고맙다고,
잊지 않고 찾아줘서 고맙다고,
잘 맞이하고 잘 보내줘야 한다.

기록을 디자인하다

48

언젠가 내가 눈 감는 순간에
엄마가 내 곁에 엄마가 없을 거라는 사실이 두렵다.
세상의 모든 일을
혼자 다 해내고 있는 것처럼
엄마에게 화내고 짜증냈다.
엄마, 미안.

2001.11.30.

처음부터

엄마로 태어나지 않았다

회사에서는 화도 못 내면서, 엄마에게는 화를 냈다.
친구에게는 함부로 말하지 못하면서
엄마에게 함부로 말했다.
그때는 그게 당연하다고 생각했다.
잘못인지도 몰랐다.
조금 솔직하게 고백하면
잘못이라는 것을 알고 있으면서도 모른 척했다.
왜냐하면 엄마한테는 그래도 되는 줄 알았다.
엄마는 처음부터 '엄마'로 태어났다고 생각했으니까.

기록을 디자인하다

49

3월 5일,
아련한 기억 속에 마음이 설렌다.
1988년, 중학교 입학의 기억 때문일까.
1994년의 기억 때문일까.
이유는 잘 모르겠지만,
왠지 '시작한다'라는 느낌이 크다.

2002.3.5.

모든 시작은 불안하다

봄이다.
새로운 시작이 있어 좋고, 설렘이 있어 좋다.
따뜻한 기운이 온몸으로 골고루 퍼져나가는 느낌이 좋고,
배꼽에서부터 올라오는 씩씩한 기운도 마음에 든다.
하얀 손수건 가슴에 달고
넓은 운동장에 줄을 서서 두리번거리며
엄마 얼굴을 찾았던 기억이 떠오른다.
3월은 유난히 그런 느낌이 강하다.
절반의 설렘과 절반의 두려움이 공존하는 3월,
3월은 '봄'이다.

50

오래간만에 시내를 다녀왔다.
친구와 영화 '오션 일레븐'을 봤다.
'초호화 캐스팅'이라는 영화.
맷 데이먼, 브래드 피트, 줄리아 로버츠, 조지 클루니.
영화 중간에 조금 피곤했는지 깜빡 졸았지만,
전체적으로 괜찮았다. 영화를 보고 나서 친구와 잠뱅이에
가서 청바지를 샀다. 신발도 하나 샀다.
주말에 전화해서 만날 친구가 없어 조금 우울했었다.
그런데 오늘 친구를 만나 밥 먹고, 쇼핑하면서
기분이 조금 풀렸다.
주말에는 글을 쓰고 싶다는 생각도 들지 않았다.
시간만 주어지면 글을 쓰고 싶다고 얘기했는데 말이다.
시간이 주어졌는데 도망치는 내가 보였다.

2002.3.10.

부족하게 바라보다

의미심장한 문장을 발견했다.
시간이 없어서 글을 못 쓴다고 했는데,
정작 시간이 주어졌을 때 도망친 모양이다.
시간이 주어졌다고
언제나 글이 잘 써지는 것은 아닌데 말이다.
무엇보다 주말 동안 많이 우울했던 모양이다.
사실 마음이 복잡하면 글도 잘 안 써진다.
지금을 봐도 그렇지만.
그때는 무엇을 해도 스스로 미덥지 못했던 것 같다.
무엇을 해도 '괜찮다'가 아니라
늘 부족하게 바라보았던 것 같다.

기록을 디자인하다

모든 계절은 소중하다

51

뜻을 세우기는 쉬우나,
그 뜻을 지키기가 어렵다는 말이 있다.
그냥 문득 떠오른 말이다.
요즘 내 주변을 살펴보면,
뜻을 세운 사람은 참 많다.
하지만 세울 때의 마음으로
밀고 나가는 사람은 많지 않다.
물론 나도 그중의 한 사람이다.
내가 세웠던 뜻조차 안 보인다.
걱정이다.

2002.3.11.

'단 하나'가 필요하다

뜻을 드러내는 일은 쉬운 일이다.
그러나 뜻대로 살아가는 일은 쉽지 않다.
그래도 '뜻있는 삶'에 대해서는 생각하면서 살아야 한다.
삶의 의미는 연출로 완성될 수 없다.
조작으로 만들어낼 수 없다.
살아온 것에 의미를 부여하고,
살아갈 날들에 대한 의미를 재정립하면서
스스로 지켜나가야 하는 것이다.
정답은 없다.
숨이 턱까지 차오르는 순간을 지탱해줄, 단 하나.
우리에게는 '단 하나'가 필요하다.

기록을 디자인하다

52

회사 동생은
내가 이런저런 얘기를 해주지 않는다고 섭섭해하고,
다른 누군가는 경계의 눈빛으로 나를 대하고,
깔끔하게 정리하고 싶은 나의 성격은
금방이라도 폭발할 것 같다.
차라리 공부나 더 했으면 좋겠다.
저녁에라도 다시 공부를 시작해볼까.
배우면서 조금씩 나아가고 싶다.
고인다는 느낌이 싫다.

2002.3.12.

차마 그때는 얘기 못했지만

직장생활은 그랬다.
'힘들고 어렵다'라는 느낌도 많았지만,
무엇보다 어딘가에 고여 있다는 느낌 때문에 힘들었다.
정해진 대로 해야 하고,
새로운 해석을 도전으로 바라보는 시선도 불편했다.
바꾸려고 하지 않고, 시키는 것을 정해진 대로
완벽하게 해내는 것이 '룰'이었다.
분명하고 확실한 '룰'도 많았지만,
불필요한 '룰'도 참 많았다.
차마 그때는 얘기 못했지만.

기록을 디자인하다

53

피곤하다. 많이.
짜증도 나고, 화도 나고, 힘도 든다.
카운트다운 8일 남았다.
SQ 감사, 재작년 12월.
'실패'라는 쓴맛을 보고 1년 6개월이 지났다.
그동안, 모두 잘 해낼 거라는 일념으로 지내왔다.
그날이 다가오고 있다.
모두가 그렇겠지만,
어서 이 짐을 벗어버리고 싶다.

2002.3.21.

오히려 무언가를 하고 있을 때는

힘든지 잘 모른다

중소기업이다 보니, 업무 영역이 모호했다.
관리부였지만
품질, 생산, 자재, 영업 뚜렷한 구분 없이 일했다.
그때는 감사 결과로 등급이 매겨지고,
등급에 따라 일거리를 확보하느냐, 마느냐가 결정되었다.
6개월 정도 새벽 2,3시까지 일했다.
사실 일을 할 때는 얼마나 힘든지 잘 모르는 법이다.
몸이 좀 피곤하다는 정도.
일을 끝내고 나서 알았다.
정말 힘들었다는 것을.

기록을 디자인하다

54

어제 4월 5일,
엄마 아빠의 결혼기념일이었다.
어제는 참 즐거웠다.
엄마가 아빠를 많이 사랑하시는 것 같았다.
평소와 다르게
아빠도 엄마를 많이 사랑하시는 것 같았다.
무뚝뚝하고 어려운 아버지에게
'저런 면이 있으셨나?' 할 정도였다.
아버지가 살아오신 이야기.
예전에 흘려들었던 이야기.
인생에 대한 애착과 노력, 정신을 느낄 수 있었다.

2002.4.6.

살아가는 동안 살펴봐야 하는 것들

일기장을 들추다 보면
'이렇게 놓치고 지나간 것들이 많았었나?'라는 생각이 든다.
아픈 기억이나 잊고 싶은 추억과 재회하는 날도 있지만,
예전만큼 깊숙하게 파고들지 않는다.
살아가는 동안 해야 할 일이 있다면
과거를 잘 살려내는 것이 아닐까,
문득 그런 생각이 든다.
왜곡해서 기억하고 있는 것은 없는 걸까.
지금의 기억을 전부라고 믿고 살아가지는 않는 걸까.
이런저런 자잘한 생각이 떠오른다.

기록을 디자인하다

55

글을 쓴다기보다는
이 순간의 미묘한 감정을 남기고 싶다.
나를 잘 아는 친구이다.
문자메시지로 100통을 채우는 친구이다.
너무 심하게 행동한 것인지 모르겠지만,
방어가 너무 철저한 것인지 모르겠지만,
'인연'이라는 어정쩡한 이름이 싫다.

2002.4.8.

내가 아는 나,

내가 모르는 나. 어중간한 나

청춘에 사랑과 우정이 빠질 수는 없을 것이다.
피노키오의 '사랑과 우정 사이'를
참 열심히 따라 불렀다.
어설프게라도 '인연'이라는 이름으로
묶고 싶은 사람도 있었지만,
애써 외면하고 싶은 사람도 있었다.
다시 돌아간다면 더 현명하게 행동할 수 있을까,
더 멋지게 마무리할 수 있을까, 모를 일이다.
가끔 좋고 가끔 아픈 것이 반복되는 일상에서
날마다 기적을 만난 사람처럼 행동하기란
쉽지 않은 일이다.
스물 몇에는 오죽했을까.

기록을 디자인하다

56

오늘 하루 참 열심히 살았다.
기특하다. 오늘 하루 후회 없이 살았다.
맨날 짜증내는 엄마에게 전화를 했다.
시간이 흐른 후 사소한 일을 하지 않아
더 힘들어질 때가 있는데, 이번엔 그러지 않았다.
다행이라는 생각이 든다.
'성공하는 여자에겐 분명한 이유가 있다'라는 책을
머리에 둔다.
성공에 대한 나의 정의.
중요한 것이 무엇인지에 대한 분석.
분석에 통해 내가 해야 할 일.
그것만 생각할 거다.

2002.5.13.

'나답게'를 꿈꾸는데

유효기간은 없다

무언가를 원망하는 것은 의미가 없다.
정서적 독립이든, 환경적 독립이든,
어떤 식으로든 '홀로 서 있는 것'은 중요하다.
너무 서두르면 일을 그르치게 되고,
너무 느긋하면 일에 진척이 없는 법이다.
급하게 성과를 내지 않아도 된다.
중요한 것은
'홀로 서는 것'을 포기하지 않는 것이다.
끊임없이 자신과 대화하면서
'나답게'를 추구하는 것이 중요하다.
'홀로 서는 것'에 완성은 없다.

기록을 디자인하다

57

목표가 생겼다.
'결혼'이라는 은연중의 압박으로
그냥 흘려보낸 시간들이다.
'시간을 죽였다'라는 느낌을 지울 수 없다.
그래서 다시 시작한다.
운동.
영어공부.
그리고 다른 것.
다른 사람에게 흔들리고 싶지 않다.

2002. 5.16.

흔들릴 이유는 충분히 많다

스물 중반을 넘긴 후부터 정말 많이 시달렸다.
"따로 만나는 사람 있지?"
"올해는 가야지?"
"너무 따지지 말고 그냥 가, 별 사람 없어"
나를 위한다는 그들의 조언이
하나도 따뜻하게 느껴지지 않았다.
명절이나 가족모임은 정말 피하고 싶었다.
차례를 위해 대형 프라이팬에서 구워지는 조기처럼
여기저기 넘겨짚는 조언들 때문에
겉과 속이 동시에 타들어가는 느낌이었다.
어떤 식으로든, 무언가에게 휘둘리는 건 진짜 별로다.

기록을 디자인하다

58

무리 속에 있는 것이 안정적인 느낌을 주는 것도 사실이지
만, 일부러 거리를 두고 싶을 때가 있다.
천천히 일기장을 들여다보니, 지금만 그런 건 아닌 것 같다.
지금도 그랬고, 십 년 전에도 그랬다.
나의 본성이 그런 게 아닌가 싶기도 하다.
글쟁이 꿈을 가슴에 담고 있으면서도
노력하는 모습이 하나도 없는 내가 부끄럽다.
한국 대표 팀 4강의 주역 거스 히딩크 감독에 관한 글이
TV와 신문에 자주 나온다.
그 사람을 두고 '명장'이라고 부른다.
인간적인 신뢰감과 함께 존경심이 묻어나는 표현이다.
소신 있어 보인다. 부드러움과 강렬함이 느껴진다.
그렇지 못한 나에 대한 부끄러움이 동시에 찾아온다.

2002.6.30.

오랫동안

가슴에 품고 있는 것은 진짜다

내가 알고 있는 기억과 사실이 다를 때가 있는데,
'글쟁이에 대한 꿈'이 그런 것 같다.
일기장을 들추면서,
'글쟁이'에 대해 언급한 부분을 읽으면서,
생각했던 것보다 훨씬 오래전부터
꿈꾸고 있었다는 사실을 알게 되었다.
좋아하는 것이 무엇인지
잘 모르겠다고 이야기하는 순간에도,
글쓰기와 책 이야기를 놓치지 않고 있었다.
무엇을 좋아하는지 모르고 지냈다고 생각했는데,
이미 알고 있었던 것 같다.
내가 알아차리지 못했을 뿐.

기록을 디자인하다

59

부지런히 내 일과에 최선을 다했다.
머리가 많이 복잡해서,
충실히 일을 해내는 것이 어려울 거라 예상했는데,
생각보다 쉬웠다.
누군가와 통화하면서 위로받고 싶지 않았다.
어떤 것을 위로받아야 하는지도 잘 모르겠다.
그래서 철저히 나 자신과 시간을 보냈다.

2002.7.1.

'흔들리고 싶지 않다'라고

말하는 순간에도, 실은 흔들렸다

위로가 필요한 날이면 누군가에게 달려갔다.
달려가 "이런 일이 있었어", "그래서 이랬어"라고 얘기했다.
그렇게 하고 나면 조금 풀리는 것 같았다.
하지만 어느 순간부터
횟수가 조금씩 줄어들기 시작했다.
달려 나갈 일과 아닌 일을 구분하기 시작했다고 해야 하나.
누군가의 등에 기대어 울어야 하는 것도 있지만,
혼자 감당해야 되는 것도 있다는 것을 알게 되었다.
위로를 통해 해결되는 것도 있지만,
아닌 것도 있다는 사실을 조금씩 알게 된 것 같다.

기록을 디자인하다

60

동생들이랑 시내에 다녀왔다.
내일이 바로, 짠짠짠 나의 생일이다. 하하하
동생들이 무지막지하게 비싼 반지를 선물로 사 주었다.
뿐만이 아니다.
하얀 모자, 마시마로 벙거지 모자, 원피스에 어울리는 체인
까지. 선물을 많이 받았다.
기념으로 동생들이 결제한 거래명세표를 붙여둔다.
이런저런 생각이 든다.
쓸데없는 곳에 돈을 쓸 것이 아니라,
돈을 모아 꼭 필요한 곳에 써야겠다는 생각이 든다.
동생들에게 선물도 해주고,
부모님에게도 선물을 해드리고 싶다는 생각이 든다.

2002. 7.2.

주기만 한다고 생각했는데

모진 말로 스스로를 몰아세우는 사람에게
누군가 이런 조언을 했다.
"너의 잘못이 아니야. 너도 그럴 수밖에 없었어"라고.
살다 보면 가족이나 가까운 사람의 행동에 상처를 받아
마음이 휘청거릴 때가 있다.
가까운 사이여서 어쩌면 상처가 더 클지도 모른다.
하지만 그럼에도 불구하고 잊지 말아야 한다.
그들로 인해 휘청거릴 때도 있지만,
그들로 인해 다시 일어설 수 있다는 사실을.
'인(人)'이라는 글자를 기억하자.
적당한 거리에서 서로에게 기대어 있는 모습을 기억하자.

기록을 디자인하다

61

시사영어학원에 다녀왔다.
나와 나이가 똑같은 그녀.
대학을 마치고 호주에 가서
금융을 전공하고 귀국했다는 그녀.
같은 나이임에도
참 많이 다르게 살아온 느낌이 든다.
그녀와 나는 무엇이 다른 걸까.

2002.7.5.

큰 바위 얼굴

'시작은 잘 하는데 마무리가 부족해',
'끈기가 부족해'.
타인에 의해서든, 자의적 해석에 의해서든 붙이고 다녔던
꼬리표들이다. 떼어내고 싶어 부단히 노력했다.
시작하는 일에는 신중을 기울였고,
그만두려는 마음에게 백가지 이유를 요구했다.
믿음이 가는 사람.
의지를 지닌 사람.
내가 꿈꾸는 '큰 바위 얼굴'이다.
그렇게 쌓아올린 시간이 벌써 마흔 해를 넘기고 있다.
큰 바위 얼굴은 어떻게 되어 가고 있을까?

기록을 디자인하다

62

짐 한 개를 벗어버리려고 산으로, 산으로 깊게 들어갔다.
처음에는 너무 무거운 이유가 짐 때문이라고 생각했다.
물에도 빠지고, 돌부리에 걸려 넘어지기도 했다.
짊어지고 있는 짐이 너무 무겁게 느껴졌다.
던져버리면 개운할 것 같은데 그러지도 못했다.
제일 좋아하는 걸 찾겠다고 나선 길이다.
좋아하는 것을 잊는 방법으로 찾다 보니,
오히려 더 헤매는 느낌이다.

2002.7.15.

막연함을 감당하기 위해서는

부정하고 싶지만, 정말 누군가의 말을 듣고 싶었다.
"이렇게 하면 좋습니다" 혹은
"이것이 당신을 위한 가장 좋은 선택입니다"라는
족집게 도사를 만나고 싶었다.
막상 정해주면 그렇게 하지도 않을 거면서,
안 되는 이유를 조목조목 설명할 거면서 말이다.
막연하다는 것, 알 수 없다는 것,
보이지 않는다는 것, 정해진 것이 없다는 것,
그것을 감당할 수 있어야 했는데, 그게 쉽지 않았다.
미흡한 시절인데, 완벽하게 보내고 싶다는 마음,
처음인데 처음이 아닌 것처럼 보내고 싶다는 마음,
그 마음이 막연한 것을
더 막연하게 만들지 않았나 싶기도 하다.

기록을 디자인하다

63

갈증에 목이 마른다.
굵은 장대비가 떨어졌으면 좋겠다.
눈에 보이는 것을 믿어버리는 어리석음.
귀에 들리는 것을 인정하는 어리석음.
아, 슬프다.
아, 부끄럽다.

2002.8.28.

'방황하는 마음'은

노력하는 사람도 느낀다

갑판 위에 당당하게 서 있는 선장이 되고 싶었다.
하지만 곳곳에서 발견되는 문장은
고뇌와 방황으로 가득 차 있다.
'청춘 열정'이라는 말이 무색하게 느껴진다.
필요한 것을 갖추기 위해 노력하고,
불필요한 것을 떼어내기 위해 애쓴 흔적이 가득하다.
정말 잘 해 보고 싶었구나,
잘 해내려고 노력했구나,
지나온 청춘의 흔적들이 순식간에 달려와
품에 안기는 느낌이다.
마음고생 정말 많았을 텐데, 수고했어.
토닥토닥.

기록을 디자인하다

64

피한다고 될 일도 아니었다.
조금 전 긴 통화를 했다.
분명하고 당당한 목소리로 이야기했다.
NO!
그 말을 하는데 눈물이 나올 뻔했다.
'지켜주고 싶다'라는 말에 눈물이 쏟아졌다.
하지만 단호하게 'NO!'라고 했다.
죄를 짓는 느낌이다.

2002.8.30.

피한다고 되는 것도 있고,

안 되는 것도 있다

자세히 들여다보지 않았더라면
잘 모르고 지나갔을 것 같다.
내게 어떤 일이 있었는지,
어떤 말 앞에서 눈물을 흘리는 사람이었는지,
어떤 이유로 밀어냈는지,
어떤 마음으로 지나왔는지, 완벽하게 잊고 지냈다.
마치 처음부터 아무 일 없었던 사람처럼 말이다.
과거를 모두 기억하면서 살아갈 필요는 없다.
하지만 '잠시 머물렀던 것'과
'처음부터 없었던 것'은 다르다고 생각한다.
아니, 달라야 한다고 생각한다.
마음이 자라온 흔적이니까.

기록을 디자인하다

65

가끔 머리가 비어진 느낌이 들면
그 끝자락에 떠오르는 친구가 있다.
친구를 생각하면,
'더 열심히 살아야 한다'라고 재촉하게 된다.
그리움에 예의는 필요 없다.
사소한 궁금함과 소소한 미안함, 그 정도면 충분하다.
나중에 글을 쓰는 글쟁이가 되었을 때,
그 친구에 대한 글을 쓰게 된다면,
글의 첫 시작은 오늘 이 느낌이 될 것이다.

2002.9.3.

좀 더 따뜻하지 못했던 시간들

먼 곳에 있어 자주 볼 수 없었던 친구였다.
답장도 없는 문자를 정말 열심히 보내줬던 친구였다.
지금은 어디에서 무엇을 하고 있는지,
어떻게 지내는지 알지 못한다.
그저 잘 지내고 있겠지, 추측해볼 뿐이다.
하지만 아주 가끔 바람이 서툴게 이마를 쓸어 올린다거나,
햇살이 살짝 그림자를 비켜서는 날이면,
쉽게 정의 내릴 수 없는 어떤 미안함이 떠오른다.
조금 더 따뜻하지 못했던 시간에 대한 미안함이라고 해야
할까, 정확한 이유는 모르겠지만, 그냥 미안해진다.

기록을 디자인하다

66

요즘 책을 읽는 것이 좋다.
보는 것도 즐겁다.
없으면 짜증이 날 정도이다.
오늘은 책을 세 권 구입했다.
거울.
내가 사랑한 도둑.
외로운 것들은 다 섬이 된다.
고민하면서 계속 미뤘던 책을 오늘 모두 구입했다.

2002.9.4.

글자 뒤에 숨어있는 사람

기록을 통해 그날을 추억해본다.

거울, 내가 사랑한 도둑, 외로운 것들은 다 섬이 된다.

우아하게 보내고 싶었지만, 외로움을 떨쳐내지 못했다.

마음을 표현하는 것이 서툴러

혼자 속삭이는 문장이 그득하다.

'이래야 한다'라는 것 때문에

스스로 답답해하면서도 외면하지 못했던 것 같다.

마음이 복잡할수록 애매한 단어가 등장하기 마련이다.

책 뒤에 숨어있는 마음이 보인다.

글자 뒤에 숨어있는 사람이 보인다.

기록을 디자인하다

67

예전부터 알고 지내던 분이다.
오늘 친구와 함께 그분을 만났다.
그분은 어느 산에서 도를 닦았다고 했다.
그분이 내게 얘기했다.
"사주가 별로 나쁘지 않아.
앞으로의 시간이 지나온 시간보다 훨씬 나을 거야.
억지로 인연 찾아다니지도 마. 방황하지도 마.
흐르면 되는 거야.
흐르면서 거스르지 않으면 되는 거야"
그분과 헤어지고 친구와 술을 마셨다.

2002.9.8.

기다림이 익숙하지 않았던 시절,

보살핌이 필요했던 시절

기다림에 익숙하지 않은 사람이다.
불분명한 것을 싫어하고,
애매모호한 질문은 터널에 갇힌 것처럼 답답해한다.
정확하고 명쾌하게 설명해주기를 원한다.
그래서일까,
인생에 대해서도, 삶에 대해서도
명쾌한 대답을 들을 수 있을 거라고 기대했던 모양이다.
패배자가 아니라 승리자가 되고 싶다는 욕심에
친구들과 여기저기 많이 기웃거렸던 기억이 난다.

기록을 디자인하다

68

안네가 일기를 쓴 이유는 무엇일까.

죽어가는 상황을 알아달라는 의미였을까. 힘든 상황에서 글을 쓴 자신을 기억해달라는 것이었을까. 자신의 글을 읽고 자신의 시대에 대한 삶과 사랑, 삶에 기억해달라는 뜻이었을까. 모를 일이다.

나는 왜 일기를 쓰고 있을까. 부끄러움을 보이기 위해 일기를 쓰는 것은 아니다. 나중에 다시 읽게 되었을 때, 오늘의 고민을 쉽게 판단하지 않았으면 좋겠다. '많이 어리석었구나'라고 가볍게 단정 내리지 않았으면 좋겠다. 나름대로 고민이 많았구나,라고 생각할 수 있었으면 좋겠다. 그런 일에 쓰였으면 좋겠다.

친한 사람들과 롯데시네마에서 영화를 봤다.

가문의 영광, 웃기고 재미있었다. 새벽 12시. 늦었다.

2002. 9.17.

기록을 디자인하다

어쩌면 이번 「기록을 디자인하다」는
2002년도에 기획되었던 건지도 모르겠다.
시간이 흐르고 나면 많은 것들이
흐릿해지고 불분명해지기 마련이다.
기록이 필요하다.
기록은 기억보다 위대하다.
기억과 함께 '사라져도 되는 것'도 있지만
'되살아나야 하는 것'도 있다.
'쉽게 단정 짓지 마세요',
'그렇게 결론 내리지 말아 주세요',
'당신에게도 올챙이였던 시절이 있었죠?'
기록을 디자인하는 동안,
그러한 마음과 재회하는 느낌이 제법 괜찮았다.

69

친구 집에서 모임이 있었다.
오랜만에 만나는 반가운 얼굴들이었다.
나름의 방식과 가치관을 가진 친구들.
친구들과 같이 밥도 먹고, 이런저런 얘기를 나누었다.
(주로 결혼 이야기뿐이었지만)
20살에 만났는데, 벌써 시간이 이만큼 흘렀다.

2002.9.18.

같은 길 위에서 함께 바라보다

똑같은 곳에 함께 서 있었다.
그러다 얼마 후, 각자 짐을 챙겨 서로 다른 길로 떠났다.
북쪽으로, 다른 누군가는 남쪽으로,
또 다른 누군가는 동쪽으로.
중간에 소식을 주고받기도 했지만
바쁜 일상으로 인해 그조차도 얼마 가지 못했다.
한참 세월이 흐른 후, 다시 만났다.
도중에 길을 잃어버렸다는 얘기도 나오고
전혀 다른 길로 들어섰다는 얘기도 나온다.
달라진 모습을 응원하며 서로의 안부를 물었다.
바로 그 순간 우리는 동시에 기억해냈다.
아주 오래전에 함께 서 있었던 그곳을.

기록을 디자인하다

70

서점에 들러 책을 3권 샀다.
정일근 시집,
2002 올해의 좋은 시,
천상병 시인의 '나 하늘로 돌아가네'까지.
책을 읽다 보니, 운동하러 가는데 30분이나 늦었다.
하지만 늦었다고 화나지도 않았고,
차 막힌다고 짜증나지도 않았다.
연락이 없다는 사실에 서운하지도 않았다.
열심히 운동을 끝내고 돌아와 '몬스터 주식회사'를 봤다.

2002.9.19.

있을 때 잘해야 되는데

정일근 시집, 2002년 올해의 좋은 시,
그리고 천상병 시인의 책까지.
어디로 갔는지 집안에 보이지 않는다.
책을 정리할 때 좋아하는 책은 따로 챙겨두는데,
도무지 보이지 않는다.
좀 더 신경을 써야 했는데, 세심하지 못했다.
지나고 나서 후회하면 소용없는 일인데,
매번 이렇게 자꾸 뒷북을 치게 된다.
정말 있을 때 잘해야 되는데, 그게 쉽지 않다.

기록을 디자인하다

71

요즘 책도 많이 읽고, 글도 많이 쓰고 있다.
하지만 쓴 글을 다시 읽다 보면
참 짧은, 좁은 글을 쓰고 있다는 생각이 든다.
깊이가 없는 말장난 같다. 말장난.
다짐을 해 본다.
조금 더 부지런해지기를.
조금 덜 부끄러워지기를.

2002.9.20.

잘 해보려는 마음

어느 글에서 읽었다.
'아이들에게는 공부를 잘하고 싶은 마음이 있다',
'공부를 못하고 싶은 아이는 없다'라는.
곰곰이 생각해보면 옳은 얘기 같다.
무엇이든 '잘 해보려는 마음'이 큰 것이지,
잘하지 않으려고 노력하는 경우는 없다.
글을 잘 쓰고 싶은 마음에 욕심을 낸 것 같은데,
성에 차지 않았던 모양이다.
지금도 이러한데, 하물며 그때는 오죽했을까.
말장난 같다는 말, 어떤 느낌이었을지 알 것 같다.

기록을 디자인하다

72

횡단보도의 빨간 신호등을 지켜보고 있다.
짧은 거리, 한달음에 닿을 수 있는 거리이다.
두 개의 불이 흔들거린다.
머리 긴 아가씨의 찰랑거리는 머릿결이
신호등을 가리는가 싶더니,
어느 아버지의 등 위로 초록불이 피어올랐다.
초록 불을 노려보는 꼬마들의 마음은
벌써 건너편에 도착해있다.
한달음에 달려갈 수 있는 거리이지만,
기다렸다는 듯이 뛰어가도 괜찮겠지만,
가끔은 저 무리에서 떨어지고 싶을 때가 있다.

2002. 9. 21.

한 걸음 물러나보자

'나아감'은 한발 물러섰을 때 발견하는 건지도 모른다.
'원래 그렇잖아'가 아닌,
'이렇게 해보면 어때?'라는 낯선 질문에서
용기를 얻는 지도 모른다.
무엇이 중요한지,
무엇이 문제인지 혼란스러울 때,
한 걸음만 물러나보자.
'낯설다'는 이유가 종착지가 될 수도 있겠지만,
시작점이 될 수도 있고, 경유지가 될 수도 있다.
한 발 물러나는 것이
'후퇴'가 아니라 '전진'이 될 수도 있다.

기록을 디자인하다

73

막걸리를 사러 간 아들이
빨리 돌아오지 않는다고 소리치는 아버지.
'가라앉은 막걸리'를 좋아하는 아버지를 위해
온 동네를 돌아 '가라앉은 막걸리'를 찾아
천천히 돌아오는 아들.
우리 집에는 쉽게 넘을 수 없는 벽이 존재한다.

2002.9.26.

서로가 서로를 위하는 줄

몰랐던 시간이 있었다

서로가 서로를 위하는 시간들이었지만,
서로 눈치를 채지 못하고 보냈다.
그런 일은 빈번하게 생겨났다.
서로를 위한 행동이었지만, 제대로 알지 못했다.
무엇을 걱정하는지,
어떤 것을 챙겨주고 싶어 하는지.
하지만 '시간이 약'이라고 했던가.
요즘은 조금 눈치를 챈 것 같다.
서로가 서로를 위하고 있다는 사실을.
서로의 일상을 챙겨주기 위해
알뜰하게 살피고 있다는 사실을.

기록을 디자인하다

74

오늘은 착한 날이다.
나에게 상을 주고 싶은 날이다.
하나, 어제는 술을 먹지 않았다.
술을 먹지 않고도 술 먹은 사람처럼 잘 놀았다.
둘, 엄마랑 통도사에 다녀왔다.
처음에는 엄마랑 김천 직지사에 다녀오려고 했는데
늦잠을 자서 가까운 곳에 다녀왔다.
생활에 대한 나의 소신을 지킨 날이다.

2002. 9. 29.

나에게 상을 주고 싶은 날

다듬어지지 않은 마음을 마구잡이로 쏟아낸 느낌이다.
스스로에게 보고하듯,
고백한 문장 속에 여린 마음이 가득하다.
의지대로 잘 되지 않아 속상해하고,
엄마를 챙겨주고 싶은데 잘 챙겨주지 못해
미안해하는 마음도 고스란히 느껴진다.
술을 먹지 않고도
술을 먹은 사람처럼 잘 놀았다는 대목에서는 뜨끔했다.

기록을 디자인하다

삶의 진실은 쉽게 바뀌지 않는다

75

마음 약해지는 것이 싫어 훌쩍 떠나는 여행길이다.
빈 가방에 쑤셔 넣은 거라고는
비누, 칫솔, 치약, 책 두 권, 수건.
보여줄 것도, 보아야 할 것도 없이 떠나는 여행이다.
얼굴은 씻고 다녀야 할 것 같아서 넣은 비누.
실없는 소리 숨기기 위해 넣은 칫솔, 치약.
여유로운 척하고 싶어 넣은 책 두 권.
때때로 찾아올 부끄러움을 감춰줄 수건.
첫 여행길이라는 티가 많이 난다.
가방은 가벼운데, 걱정이 많다.

2002. 9.30.

알 수 없다는 것은 누구나 부담스럽다

의식과 감정이 어색하게 만났다.
예측되지 않는 상황에 대한 걱정으로 가득하다.
'알 수 없음'으로부터 자유로운 사람은 없다.
하지만 '알 수 없음'에 대해
의지를 불태우는 사람이 있는가 하면,
뒷걸음질 치는 사람이 있다.
의식적인 노력과 상관없이
감정적으로 해결되지 않은 것들로 인해
'알 수 없음'이 증폭되기도 하고, 감소되기도 한다.
어떤 특별한 비법은 없다.
선택할 뿐이다.
던져버릴 것인지. 가슴에 품을 것인지.

기록을 디자인하다

76

내가 쓰는 글은
내가 눈으로 익힌 세상이며
내가 듣는 음악은
내가 가슴으로 담아낸 세상이다.
내가 밟고 서 있는 땅의 숨소리에는
살아있음에 대한 배려가 숨어있다.
지나가는 사람들의 얼굴마다
편안함이 느껴진다.

2002.10.1.

16부작 드라마가 아니다

꼭 채우지 않고
약간 헐렁한 각도에서 들여다봐야 하는 경우가 있다.
제대로 된 예측이 아니라,
두리뭉실하게 접근해야 하는 경우도 있다.
'내 것이 아닌 것'에 의지하면서
들여다봐야 하는 경우도 있다.
언제나 따뜻한 바람이
뒤에서 불어줄 거라고 기대하지 않아야 한다.
당연한 것을 당연하게 해석하지 않도록 노력해야 한다.
햇살을 찾아 뛰어야 하는 날도 있고,
바람을 만들기 위해 달려야 하는 날도 있다.
인생은 해피엔딩으로 끝나는 16부작 드라마가 아닌,
60부작 장편 대하소설이다.

기록을 디자인하다

77

오늘 문득, 아니다.
예전부터 들었던 생각이다.
내 기준이 전부 올바르다고 할 수 없다는 생각이 든다.
나의 기준.
무엇을 기준으로 나는 판단하고 있을까?
뭔가를 쓰고 싶다는 생각이 계속 머리를 맴돈다.
'시나리오란 무엇인가'를 잠시 살펴봤다.
시도 끄적거렸다.
그냥 시간이 간다.
지금 뭐하고 있는지 모르겠다.

2002.10.6.

감정은 조작할 수 없다

감정은 조작할 수 없다.
순간적으로 불편한 감정이 생겼다고 하더라도
그 순간만큼은 진실이다.
갑자기 심경의 변화가 생겼다고 하더라도,
그 또한 진심이다.
감정은 조작할 수 없다.
이해타산이나 합리적인 생각의 결과물로 해석하기에는
애초부터 구조적인 결함을 지니고 있다.
감정은 감정이다.
그냥 좋은 것도 진심이고,
그냥 싫은 것도 진심이다.
무엇을 하는지 모르겠다고 말하는 것도 진심이다.
그냥, 진심이라고 하면 진심인 것이다.

기록을 디자인하다

78

월요일이 어제였는데, 굉장히 많은 시간이 흐른 것 같다.
책에 빠져서 지내는 요즘의 생활이
삶에 대해 다양한 시선을 가지게 한다.
여러 가지 고마운 것 가득이다.
이것이 여기 있어줘서 고맙고,
저것이 저기 있어줘서 고맙다.
피천득 선생님의 '인연'을 읽었는데,
왜 수필문학의 백미라고 하는지 알 것 같았다.
어떻게, 저렇게 간결하면서 정갈하게 표현할 수 있을까.
나도 그런 사람이 되었으면 좋겠다.
분명하고 정겨운 시선의 글을 쓰고 싶다.

2002.10.8.

의미는 만들어가는 것이다

벌써 몇 번째인지 모르겠다.
글쟁이에 대한 이야기, 글에 대한 욕심.
아니다.
1997년의 기록을 시작으로 2002년 10월이니까,
그사이 5년이 흘렀다.
5년의 기록에서 이 정도는 그리 많은 게 아닐 수도 있다.
찰리 채플린은 말했다.
"인생은 멀리서 보면 희극이고
가까운 곳에서 보면 비극이다"
시간이 흐른 지금, 조금 멀리에서 바라보니,
무엇을 좋아했으며 어떤 것을 원했는지 알 것 같은데,
그때는 잘 보이지 않았던 것 같다.

기록을 디자인하다

79

'모든 일은 마음먹기 나름이다'
이 말이 하루 종일 떠나지 않고 있다.
몇 번씩 불쑥불쑥 고개 내미는 짜증과
제어되지 않는, 여과되지 않은 감정으로 인해
주위 사람들을 괴롭히고 있다.
무엇보다
이런 반복이 나를 힘들게 하고 있다.
기분대로 생각하고, 정리하고, 기준 정하고.
잘 해보고 싶은데, 잘 안 된다.

2002.10.15.

노력의 결과가

언제나 해피엔딩은 아니다

'노력을 하지 않았다'라는 사실보다
'노력한 이후의 결과'로 인해 힘들 때가 있다.
노력조차 하지 않았더라면,
차라리 신경도 쓰지 않았더라면 오히려 나았을 텐데,라는
마음에 괴로울 때가 있다.
노력이 물거품이 되어 사라지고,
무기력한 감정들로 인해 주저앉게 되었을 때,
따뜻한 햇살이 전혀 위로가 되지 않을 때,
나는 억지로라도 기억해내려고 노력한다.
"인간은 노력하는 한 방황할 수밖에 없다"라고 말한
괴테를.

기록을 디자인하다

80

나는 파란색을 좋아한다.
나는 blue이고 싶다.
강력한 거부는 하지 않으면서 제값은 하는 색,
같이 있으면 안아줄 줄 아는 배려의 색,
순결은 없을지 몰라도 정은 가득한 색,
분명함과 정확함은 없을지 몰라도 깊이가 느껴지는 색이다.
blue 같은 삶을 살고 싶다.
blue 같은 사람이 되고 싶다.

2002.10.18.

자꾸 한걸음 뒤에서 바라보게 된다

'삶이 곧 사람이다'라는 말이 마음을 맴돌고 있다.
'사람'이 곧 '삶'이고, '삶'이 곧 '사람'이다.
마치 네가 없으면 소용없다는 것처럼,
서로 끌어안은 채 한 몸으로 살아가고 있다.
'나'라는 '사람'과 '나'라는 사람의 '삶'을
거울에 비춰본다.
닮았는지, 비슷한지,
한 몸으로 살아가고 있는지.
전혀 상관없는 것처럼 살아가고 있는지.

　　　　　기록을 디자인하다

81

2002년도 한 달밖에 남지 않았다.
2002년.
나는 무엇을 했나 싶다.
이룩해놓은 것도,
특별히 바뀐 것도 없다.
나의 짜증은
아마 그 이유 때문에 더 많아졌을 수도 있다.

2002.11.30

이만하면 괜찮지 않니?

'어떤 특별함이 없다'라는 것을
'제대로 해낸 것이 없다'라고 결론 내렸다.
어떤 요구가 없었음에도
성과물이 없다는 것을 실패로 규정했다.
사정이 그렇다 보니 경계에 서 있거나
과정 중에 있는 것에 대한 평가는 저절로 냉정해졌다.
일정한 거리를 두고
오랫동안 지켜보는 것도 예외가 아니었다.
'진짜'보다 '진짜처럼 보이는 것'을
신뢰했던 시간들에게 용서를 구한다.
'이만하면 괜찮지 않니?'라고 다독이지 못한
시간들에게 용서를 구한다.

기록을 디자인하다

82

또 실수를 했다.
'나의 생각이 맞다'라고 생각 없이 말을 뱉어버렸다.
과장님은 토요일, 일찍 나간 것이 마음에 걸려,
나에게 말을 걸어왔을 턴데.
잘난 척하며 내가 쏘아붙였다.
쏘아붙이는 성격,
'내가 맞다'라는 성격.
정말 큰일이다.

2002.12.2.

약간 비겁하고, 많이 부끄러웠다

모두 저마다의 방식으로 계절을 만난다.
계절이 바뀌는 틈바구니에서 누군가는 옷 정리를 시작하고,
누군가는 책장을 정리하고,
또 다른 누군가는 홀로 계신 부모님의 안부를 묻는다.
각자 익숙한 방식으로 새로운 계절을 준비한다.
마음을 전하는 방식도 그렇다.
스스로에게 익숙한 방식으로
용서를 구하고 마음을 전한다.
그런 까닭에 한 번쯤은 생각해볼 필요가 있다.
상대방은 어떻게 계절을 준비하는지,
어떤 방식으로 마음을 주고받는지.

기록을 디자인하다

83

펜을 들었다.
'순간에 산다'라는 말과 함께
아껴두고 생각해봐야 되는,
뱉지 않아야 하는 말을 내뱉은 행동을 후회한다.
어제도 후회하고, 오늘도 후회한다.
그러면서 내일을 희망한다.
아버지와의 견해 차이로 인한 현실의 벽들.
그 속에서 허우적대고 있다.
다른 사람들은
하루, 하루 어떻게 살아가고 있을까.

2002.12.3.

팽팽한 긴장감도

이젠 추억이 되어 버렸다

부모님,
두 분 사이의 팽팽한 긴장감으로
하루 종일 마음 쓰였던 기억이 떠오른다.
걱정하는 마음으로 표현한 말이나 행동이
불화살이 되어 돌아오는 장면을 종종 목격했다.
각자의 무게를 짊어진 채,
각각의 호흡으로 걸어온 두 분이다.
조금이라도 덜어주려고 내보낸 말과 행동이
곧잘 말썽을 일으켰다.
이제는 오랜 추억이 되어 버렸지만,
그때는 그 모습을 지켜보는 일이 참 힘들었다.

84

복잡하다.
어떻게 해야 하는지, 복잡하다.
왜.
무엇을 고민하고 있는지.
무엇을 위한 고민인지.
2002년을 마감하면서 무엇을 잘했고,
무엇을 못했는지,
잘 모르겠다.
무엇이 중요한지 잘 모르겠다.

2002.12.30.

방황하면서 걸어왔지만

한 해를 마무리하면서
어떤 감동이나 느낌이 전혀 느껴지지 않는다.
복잡한 미로 속에 갇혀 길을 잃어버린 느낌이다.
의욕적으로 들어선 길에서 방향을 놓친 것처럼 보인다.
열정과 패기로 가득해야 할 시절,
방황의 흔적들로 가득하다.
'방황하는 것이 청춘이다'라는 말이 참 위로가 된다.
지금의 청춘들에게도.
방황하면서 지내온 나의 청춘에게도.

기록을 디자인하다

85

아직도 2002라고 쓴다.
재빨리 2003으로 숫자를 고쳐 적었다.
요즘 술을 별로 마시지 않았는데
오랜만에 어제 맥주를 조금 마셨다.
그래서일까, 속이 좀 불편하다.
일을 좋아하는 건지.
일에 길들여진 것인지.
일이 많아 좋다.
잡념이 생기지 않아 좋다.
차라리 일이 많은 게 좋다.

2003.1.12.

그냥 그러고 싶을 때

아무 상관없는 것처럼,
관심조차 없는 것처럼 지내고 싶을 때가 있다.
관심이 있고, 없고는 두 번째 문제이다.
그냥, 그러고 싶을 때가 있다.
나는 그것을
'선택의지에 따른 자연스러운 현상'이라고 생각한다.
'신경 쓰지 않겠다',
'더 이상 흔들리지 않겠다'라는 의사표현이라고 생각한다.
무엇이라도 하고 싶지만,
어떤 것도 할 수 없을 때,
그냥 아무것도 안 하는 것.
그것도 방법이라고 생각한다.

기록을 디자인하다

86

어사 박문수.
어릴 때 참 열심히 읽었던 책이다.
읽고 또 읽었다.
재미있는 부분이라고,
접어뒀다가 다시 읽고 또 읽었던 기억이 난다.
조금 전, 유준상의 '어사 박문수'를 보았다.
참 재밌었다.

2003.1.14.

시간을 견딘 것들은 강하다

유준상, 아는 배우가 나왔다.
잠깐 검색을 해보니,
1995년 아침드라마 〈까치네〉를 시작으로 드라마 40편,
영화와 뮤지컬 40편을 넘기고 있다.
데뷔 23년, 꾸준하게 활동하는 모습이 참 보기 좋다.
나는 유준상과 같은 배우가 좋다.
시간을 벗으로 삼아, 시간을 견디는 사람들이 좋다.
그들의 흔적 속에서 희망의 씨앗을 발견한다.
동시에 시간을 벗으로 삼아,
시간을 견디며 쌓아가는 나의 내일도 함께 꿈꿔본다.

87

2003년, 29살이다.
28살과는 다르다.
올해 계획도 세우지 않았다.
특별히 바쁜 이유도 없었다.
어쩌다 보니, 일이 이렇게 되었다.
'글을 많이 써야지'라고 다짐했는데
제대로 지켜지지 못하는 것 같다.
거기에 책도 생각만큼 읽지 못하고 있다.
기록도 허술하다.
28살을 떠올려본다.
29살. 어떻게 살아야 할까.

2003.2.3.

예전에도 좋아했고,

지금도 좋아한다면

글 앞에서 잠시 울컥했다.
'저만큼 좋아했구나',
'그때도 좋아했구나'.
잠깐이지만 많은 생각이 스쳐갔다.
누가 알까 봐 부끄러워 입 밖으로 드러내지 못했다.
잘하지 못해서 얘기 못했고,
잘하지 못하는 것 같아 얘기 못했다.
잘해준다고 얘기해주는 사람이 없어서 더 얘기 못했다.
속으로 삼킨 단어와 문장들,
나의 노트는 그들 차지였다.

기록을 디자인하다

88

친구가 결혼을 한다고 얘기했다.
아니, 결혼을 할까 말까 고민이라고 했다.
조건, 상황, 배경, 그리고 그의 친구까지.
정말 잘하는 선택인지.
사랑이 아닌 동정으로 결혼하는 것은 아닌지.
고민도 많고, 걱정도 많아 보였다.
결혼을 앞두고 가질 수 있는 고민이기도 하겠지만,
우리가 보기엔 그랬다.
동정이든, 연민이든, 사랑이든.
어떤 것인지 분명하지는 않았지만,
남자친구 생각을 제일 많이 하는 것 같았다.

2003.2.13.

모든 선택에는 아쉬움이 동반한다

다른 사람에게는 허락되지 않지만,
그 사람이기 때문에 허락되는 것이 있다.
행동 하나, 하나에 의미를 부여하고
애틋한 마음으로 얼굴을 어루만지게 될 때가 있다.
머리 위로 떠오른 해가 서산 너머로 사라질 때까지
함께 서 있고 싶을 때도 생겨난다.
그럴 때 사람들은 새로운 단어를 떠올린다.
'나'와 '너'가 아닌 '우리'라는 단어를.

기록을 디자인하다

89

오늘 논어에서 '군자'를 프린트했다.
마음에 드는 글이다.
아니, 마음에 새기고 싶은 글이다.
군자는 '바람'이라 한다.
소인은 '풀'이라 한다.
바람, 참 좋은 말이다.
어느 누군가에게는 무책임하게 들리겠지만
나는 한없이 자유롭게 느껴진다.
잘 모르지만 그냥 그렇게 살고 싶다는 생각이 든다.

2003.2.15.

살며 사랑하며

학교 다니면서,
혹은 그 이후에 배웠던 논어는 곧 공자였다.
공자의 사상과 가르침이 따른 '논어=공자'였다.
하지만 시간이 조금 더 흐른 후,
논어는 다르게 다가왔다.
세월을 품에 안은 여유일까.
'사람'이 보이고, '사랑'이 보이고, '삶'이 보였다.
시간이 필요한 것들이 있는 것 같다.
사는 일이 그렇고, 사랑하는 일이 그렇고,
삶이 그런 것 같다.
마치 논어처럼.

기록을 디자인하다

90

오늘 오빠와 이런저런 이야기를 했다.
둘이 되어 좋아지는 것들을 얘기하는 오빠.
혼자 있을 때 가질 수 있는 것을
포기해야 하는 아쉬움을 얘기하는 나.
싫지는 않는데, 그렇다고 무조건 좋은 것도 아니다.
호기심이 생기면서 동시에 여러 가지가 걱정된다.
오빠가 앞서나가는 건지.
내가 생각이 많은 건지.
참 복잡하다.

2003.2.23.

언제나

눈부시게 아름다운 것은 아니었지만

'오빠'라고 부르던 사람과 결혼해 함께 살고 있다.
두 아이의 부모라는 이름도 함께 수행하고 있다.
걱정했던 일, 우려했던 일, 당연히 생겼다.
생각지도 못했던 일이라 많이 힘들었던 것도 사실이다.
'이런 일이 생길 거야'라고 미리 얘기해줬더라면
조금 더 진지하게 고민했을지도 모르겠다.
후회하느냐고? 글쎄, 잘 모르겠다.
하지만 다시 선택하라고 해도
비슷한 선택을 할 것 같기는 하다.
어떻게 표현하면 좋을까.
결혼을 통해 얻은 감정 중에는
결혼 전에는 알지 못했던 것들이 생각보다 많다.
그래서인지, 그냥 포기하라고 하면
괜히 조금 손해 보는 느낌이 든다.

기록을 디자인하다

91

오늘은 2월의 마지막 날이다.
청승맞게 굳이 마지막 날이라고,
의미를 부여하는 게 조금 웃기다.
요즘 들어 특별한 기념일도 아닌데,
자꾸 의미를 두려고 한다.
나이가 들었다는 뜻일까.
나이가 들어가면서
소소한 것들에게 고마움이 생겨난다.

2003.2.28.

소소한 것, 소중한 것

어느 글에서부터
'소소한 것들에 대한 고마움'이라는 표현이
나타나기 시작한다.
핑계를 대면서 외면했던 것들에게 마음이 쓰이면서,
핑계 대는 일도 자연스럽게 시들어진 모양이다.
사물을 바라보는 일,
사람을 바라보는 일에 여유가 생겼다는 것은
실로 감사한 일이다.
'소소한 것'이 '소중한 것'이 되는
'적당한 거리'를 발견한 것은 행운이다.

기록을 디자인하다

92

어제저녁, 엄마랑 삼겹살을 먹고 노래방을 다녀왔다.
오랜만의 외출이었다.
엄마가 좋아하는 노래를 알 수 있었다.
수덕사의 여승, 오빠는 잘 있단다, 사랑은 장난이 아니야,
여자의 일생, 사랑의 미로, 장녹수, 원점, 허공까지
엄마와 함께 놀아주지 못한 것이 미안했다.
놀고 싶은 것을 모두 하면서
나 혼자 마음 편하게 사는 것 같았다.
잘해드려야지,
그렇게 마음먹는데도
가장 먼저 화를 내게 되는 사람이 엄마인 것 같다.
엄마도 여자이고, 엄마도 사람이라는 것을,
나는 곧잘 잊는다.

2003.3.29.

'엄마'라는 사람을 기억해내다

예민한 엄마, 섬세한 엄마.
나는 그런 엄마를 많이 닮았다.
엄마에게 가장 큰 위로가
'고마워요', '사랑해요'라는 것을 진즉부터 알고 있었지만,
입안에서 맴도는 말을 밖으로 쉽게 표현하지 못했다.
결혼해서 아이를 낳은 후, '엄마'라고 불리면서 알았다.
그 이름이 얼마나 무겁고 어려운 이름인지.
따뜻한 위로가 필요한 사람이라는 것을,
정답게 어루만져야 하는 사람이라는 것을,
그제서야 알게 되었다.

기록을 디자인하다

93

3월의 마지막 날이다.
몸이 적당히 피곤하다.
토요일, 일요일. 계속 나가 놀았다.
토요일에는 친구랑 호미곶 해맞이 공원을 다녀왔다.
운전을 계속해서 피곤하긴 했지만.
김밥이 있어 좋았고, 친구가 있어 좋았다.
개인적인 감정에 충실했던 시간이다.
어디 빠졌다가 '쑥' 올라오는 느낌이다.
이런 느낌이 그리워지면
나는 불쑥 어디론가 떠난다.

2003.3.31.

가방을 챙기는 날

본성에 가까운 무언가는 잘 가려지지 않는다.
애써 감추고 있지만
어느 순간 자신도 모르게 드러나기 마련이다.
방법은 하나밖에 없다.
무엇이든, 어떻게든 내 편으로 만드는 것이다.
좋은 것은 발견하는 즉시, 온몸으로 받아들이면 된다.
불편한 것도 방법은 비슷하다.
일단 목구멍으로 꿀꺽 삼켜본다.
'좋은 것만으로 살아갈 수 없다'라는 말과 함께.
물론 그렇게 노력해도 안 되는 것도 있다.
그럴 때는 잠시 자리를 피하는 것도 방법이다.
같이 있다고 늘 좋은 것은 아니니까.

기록을 디자인하다

94

어제저녁, 집에 도둑이 들었다.
작은방의 창문을 열고 들어와 신용카드랑 반지, 할인 쿠폰,
동생의 커플 반지를 가지고 도망갔다.
저녁 5시, 사람들이 귀가하는 시간이라 도둑이 들어오기 어
려웠다고 하는데, 어떻게 들어왔는지 모르겠다.
112에 신고해야 한다는 것도 잊고, 정리부터 했다.
아버지가 오셔서 경찰서에 신고했다.
경찰서에 가서 진술조서를 쓰고 집에 돌아오니,
11시를 훌쩍 넘기고 있었다.
도둑이 물건을 훔쳤다는 사실보다
저 두꺼운 쇠창살을 뜯고 들어올 만큼
시간과 노력을 들였다는 사실이 무섭다.
사람이 무서워진다.

2003.4.23.

예측하지 않았던 일도

생기기 마련이다

굳이 경험하지 않아도 될 일을 경험하는 날이 더러 생긴다.
예측대로 진행되지 않는 상황도 만나게 된다.
의도하지 않은 아픔도 잊을 만하면 찾아온다.
상처 주지도, 받지도 않으면서 살아간다면 가장 좋겠지만
그게 쉽지 않다.
약간의 아픔, 약간의 불편함, 약간의 복잡함이
적당히 뒤엉킨 삶이다.
애초부터 불완전한 길이었다는 사실,
정해진 길이 없었다는 사실,
그 사실을 종종 잊고 산다.

95

엄마와 함께 서동 근처에서 운전 연습을 했는데,
나의 불길함은 그대로 적중했다.
엄마가 가속페달을 밟으면서 다리 기둥에 부딪쳐버렸다.
차 수리를 할 계획이었는데, 거기에 엄마가 한몫했다.
엄마한테 운전을 못한다고.
발을 가속페달 위에 올려놓는다고.
브레이크를 왜 모르냐고.
큰소리치면서 얘기했다.
동생한테 운전 배우면서
얼마나 서러워했는지 까맣게 잊어먹고 말이다.
그때 정말 서러웠는데.
집으로 돌아오는데, 엄마에게 얼마나 미안했는지 모른다.

2003.5.22.

처음부터 잘하는 사람은 없다

불안한 마음으로 누군가를 가르치는 것은 위험하다.
믿는 마음으로 지켜보고
필요한 만큼 도움을 주겠다는 마음이 필요하다.
엄마의 운전연습을 도와주는 내 마음은 불안으로 가득했다.
처음 배울 때의 기억은 모두 잊어버리고,
잘하라고 다그치기만 했다.
누군가에게 도움을 준다는 것은
특별한 정성이 필요하다는 것을 나는 몰랐다.
마음만 앞섰을 뿐, 준비가 부족했다.
도와준다는 것은 마음만으로 되는 일이 아니다.

기록을 디자인하다

96

때린다. 왼쪽으로 때리고, 오른쪽으로 때린다.
사정없이 쏟아 붓는다.
사람에게 퍼붓고 땅에 퍼붓는다.
정말 열심히 퍼붓는다.
어느 누가 하늘의 마음을 울렸기에
저렇게 서글픈 소리를 내며 퍼붓는 지.
새싹들의 떨림조차 외면해버릴 만큼의 서러움을
하늘에 알린 이가 도대체 누구일까.
내 마음까지 알아줄 만큼 한가한 하느님도 아닐 턴데
저리 울어주니,
서러운 이 누구인지 몰라도 고맙다고 전해 올린다.

2003.6.19.

괜찮지 않아

무너지지 않으려고 노력했다.
가끔 힘든 일이 생기는 것도 당연하다고 생각했다.
나만 힘든 것이 아니라,
다른 사람들도 많이 힘들 거라고 믿었다.
아니, 그렇다고 믿고 싶었다.
웬만한 것은 끌어안을 수 있다고 여겼다.
하지만 그게 문제였다.
괜찮다, 괜찮다.
계속되는 주문이 힘들어 혼자 운 날이 많았다.
'괜찮지 않아'라고 얘기하는 법을 배웠어야 했는데,
그러지를 못했다. 그래서일까.
지금도 '괜찮지 않아'라고 말하는 게 나는 어렵다.

기록을 디자인하다

97

모를 일이다.
정말 모르겠다.
동아일보의 헤드라인에 올라온
어느 글이 생각난다.
지식은 장식구일 뿐,
학벌은 삶의 한 과정일 뿐.
잘 모르겠다.

2003.7.4.

중요하지 않다고 얘기하지만

지나간 일에 대해서는 후회하지 말아야지.
일어난 것에 대해서는 책임을 묻지 말아야지.
해결 방법을 고민해야지.
바꿀 수 없는 것이 아니라 바꿀 수 있는 것에 집중해야지.
노력한다고 모두 되는 것은 아니겠지만, 최선을 다해야지.
계속 주문을 외우고 있다.
왜냐하면 중요한 것은 현재이니까.
과거가 아니니까.
지식은 장신구라고 하니까.
학벌은 삶의 한 과정이라고 하니까.

기록을 디자인하다

98

오늘 정말 최선을 다했으며,
후회할 일은 최소한으로 했다.
아침 5시 30분 일어나서 밥을 먹고 운동하러 갔다.
마음처럼 잘 되지는 않았지만, 열심히 운동했다.
회사에서 해내야 하는 몫만큼 최선을 다했다.
끝나고 영어회화 수업을 들으러 갔다. 겁이 덜 났다.
아니, 솔직히 말하자면 끝날 때까지 긴장의 연속이다.
그런데 재미있다.
집에 돌아와 여인천하를 봤다.
같은 여자이지만, 정난정 진짜 무섭다.
수업한 내용을 30분 정도 소리 내어 읽고 일기를 쓴다.
분명, 나는 오늘 최선을 다했다.
상을 줘도 된다고 생각한다. '잘했어'

2003.7.9.

누구를 위해서 살아가지 않는다

스스로에게 대견한 날이 있다.
지루해 보이는 일상,
들여다보면 특별한 것이 전혀 보이지 않는 일상인데
세심하게 조각한 모습이 예뻐 보인다.
의미를 부여하고 위로와 응원을 동시에 던지는 모습이
서툴러 보이지만, 그래도 근사해 보인다.
스스로를 사랑하기 위해 노력한 흔적이 보여 참 좋다.

기록을 디자인하다

99

내 불안함의 원인을 이제 조금 알 것 같다.
이번 주, 특히 심했던 것 같다.
오지도 않은 미래에 대한 지나친 걱정.
그게 문제였다.
무엇이 걱정인지 명확하게 설명하지 못했다.
뚜렷하지 않은 목표도 한몫한 것 같다.
아까도 그랬고, 월요일도 그랬고, 화요일도 그랬다.
걱정하고 후회하고, 걱정하고 후회하고.
반복의 연속이다.

2003.8.2.

불안과 희망, 같은 곳에서 출발한다

알지 못하는 것을 준비한다는 자체가 이미 불안한 일이다.
거기에 완벽하게 준비하려고 마음먹으면,
더 힘들어지는 것도 사실이다.
불안과 희망, 같은 곳에서 출발한다.
알지 못하지만 잘 해내고 싶은 마음에서 출발한다.
다만 가는 길이 조금 다를 뿐이다.
불안한 마음으로 계속 걱정을 키울 것인지,
긍정적인 해석으로 희망을 키울 것인지,
어떤 것을 선택하느냐.
거기에서 차이가 생겨난다.

기록을 디자인하다

100

사람들과 함께 있고 싶으면서도
집에 돌아와 혼자 침대에 누워있는 시간이 좋다.
너무 잘 풀리는 것도 두렵다.
너무 어려운 것도 싫다.
적당한 게 좋다.
너무 많은 것은 불편하다.

2003.10.30.

혼자 있어도 좋다

혼자 있는 시간이 두려웠다.
그래서 누군가와 함께 있기를 원했다.
같이 있어야 마음 편하고, 일도 잘 해결되는 줄 알았다.
하지만 마흔이 넘은 요즘은
일부러 '혼자 있는 시간'을 선택하곤 한다.
마음 정리도 하고, 일도 마무리하면서 보내는 시간이 좋다.
함께 있어도 좋고,
혼자 있어도 좋다.

기록을 디자인하다

에필로그   봄날은 간다

'청춘은 어느 특정한 시기가 아니라 마음 상태이다'라는 멋진 글귀를 알고 난 후부터 강박관념 같은 것이 사라졌다. '이래야 한다', 혹은 '저래야 한다'라는 강력한 마법에서 풀려난 느낌이다. 청춘이라 불렸던 시절을 지내는 동안, 많이 궁금해했다.
'스물 몇 살, 그때는 어떤 일이 벌어질까?'
'서른, 서른 몇 살. 어떨까?'
'마흔. 전혀 모르겠는데'

어떤 압박 같은 것이 따라다녔던 시절이었다. 스스로 만족하지 못하는 느낌도 있었지만, 그럴듯한 성과를 내지 못했다는 성적표가 나를 기죽게 했다. 겉으로 보기에는 아닌 척하면서 위축되어 생활한 사람, 그게 나였다. 내부적으로 성숙하지 못한 감정의 결과일 수도 있겠지만, 환경적인 것도 무시할 수 없었다. 보이는 것이 중요했던 시절, 내세울 것이 없었던 나에게 '청춘'이라는 단어는 조금 부담스러웠다.

이번 〈기록을 디자인하다〉는 블로그에 올렸던 '청춘 별곡'을 다시 편집하여 정리한 글이다.

처음에 글을 올릴 때, 특별한 목적 같은 것은 없었다. '책으로 완성해야지'라는 마음도 없었다. 다만 이미 지나온 길 위에 서 있는 청춘들의 고백에 마음이 흔들렸고, 비슷한 마음으로 방황하는 모습이 꼭 '예전의 나'를 보는 것 같아 마음이 쓰였다. 그래서 하나씩 들춰 보았다. 나는 어떻게 지나왔는지. 어떤 마음으로 보냈는지. 무엇을 걱정했으며, 여기까지 어떻게 왔는지.

우선은 정직함에 놀랐다. 기록은 정직했다. 정직함 앞에서의 솔직한 독백 때문에 가끔 '괜히 시작했어'라는 후회가 찾아온 것도 사실이다. 하지만 천천히 기록을 들추는 동안, 마음이 차분하게 내려앉는 느낌이 싫지 않았다. 너무 급하게 달리지 않아도 될 것 같은 여유로움이 생겨 오히려 좋았다.

청춘들을 위한 작은 시도였지만 지나온 나의 청춘에게도 특별한 선물이 될 것 같다. 하지만 무엇보다 이 책의 기획의도대로, 비슷한 시절을 비슷한 마음으로 건너고 있을 청춘들에게 친구처럼 다가갔으면 좋겠다. 귀에 거슬리지 않은 잔잔한 피아노 음악처럼 친근하고 따뜻했으면 좋겠다.

기록을 디자인하다

가장 좋은 때

지금 말하세요. 아주 작은 목소리로라도.
지금 떠나세요. 오늘 저녁에 다시 돌아오더라도.
지금 시작하세요. 내일 그만두게 될지라도.
무엇을 하든, 어디에 있든
'지금'이 가장 좋을 때이며, 가장 완벽한 때입니다.
세상의 기준이나,
누군가의 시계로 '완벽한 때'를 맞추지 마세요.
'때를 기다린다'라는 말,
'때를 놓쳤었다'라는 의미로 대신 사용되기도 합니다.
시작하기에 가장 좋을 때는 '지금'입니다.
발밑으로 야무지게 흘러가는 시간이 보이지 않나요?
신발의 흙이 조금씩 마르고 있다는 것이 느껴지지 않나요?
만나야 할 사람이 있다면, 지금 만나러 가세요.
해야 할 이야기가 있다면, 지금 얘기해 주세요.
손을 잡아주고 싶은 사람이 있다면, 지금 잡아주세요.
늘 그랬지만 지금이 가장 좋을 때이며,
가장 완벽한 때입니다.
내일은 늦을지도 모릅니다.

〈살자, 한번 살아본 것처럼〉 중에서

기록을 디자인하다

1쇄 발행 2018년 3월 5일

지은이 윤슬

발행처 담다
발행인 김수영
등 록 제25100-2018-2호
주 소 대구광역시 달서구 조암로 25 그루타워 601호
메 일 damdanuri@naver.com
블로그 blog.naver.com/damdanuri
문 의 053-527-8707
팩 스 070-2645-8707

ISBN 979-11-960763-5-1 (03810)

이 도서의 국립중앙도서관 출판 예정 도서 목록(CIP)은 서지정보 유통지원 시스템
홈페이지(http://seoji.nl.go.kr)와 국가자료 공동목록 시스템(http://www.nl.go.kr/
kolisnet)에서 이용하실 수 있습니다. (CIP제어번호 : CIP2018003543)